糟糕壞父母

亂糟糟

THE WORLD'S WORST PARENTS

大衛·威廉（David Walliams）著

東尼·羅斯（Tony Ross）繪

高子梅　譯

晨星出版

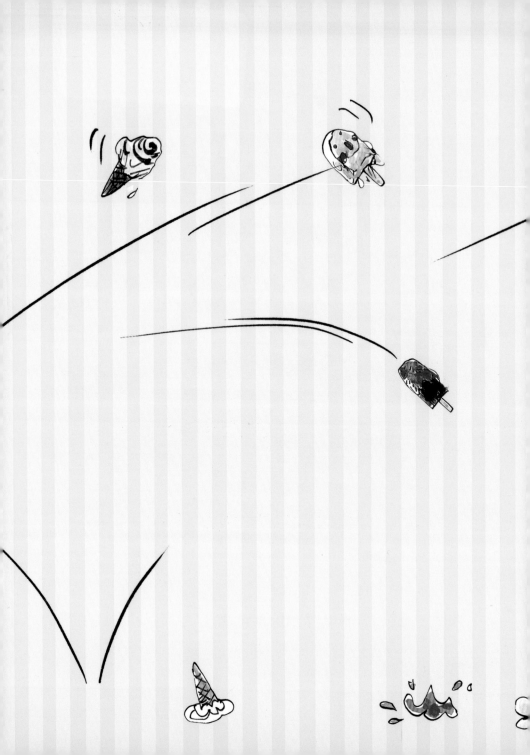

David Walliams

大衛・威廉幽默成長小說

大衛・威廉繪本

─── 蘋果文庫 144 ───

糟糕壞父母：亂糟糟
The World's Worst Parents

作者：大衛‧威廉（David Walliams）
繪者：東尼‧羅斯（Tony Ross）
譯者：高子梅

責任編輯：謝宜真 ｜ 文字校對：謝宜真、呂昀慶
封面設計：鐘文君 ｜ 美術編輯：黃偵瑜

負責人：陳銘民 ｜ 發行所：晨星出版有限公司 ｜ 行政院新聞局局版台業字第 2500 號
台中市 407 工業 30 路 1 號 ｜ TEL：（04）23595820 ｜ FAX：（04）23550581
總經銷：知己圖書股份有限公司 ｜ 地址：台北市 106 辛亥路一段 30 號 9 樓
TEL：（02）23672044 ｜ FAX：（02）23635741
E-mail：service@morningstar.com.tw
晨星網路書店：www.morningstar.com.tw

法律顧問：陳思成律師
郵政劃撥：15060393 ｜ 知己圖書股份有限公司
讀者服務專線：（02）23672044、（04）23595819#212
印刷：上好印刷股份有限公司
出版日期：2022 年 12 月 15 日 ｜ 定價：新台幣 350 元

ISBN 978-626-320-285-6
CIP 873.596 111016695

線上填寫回函，
立刻獲得 50 元購書金

大衛·威廉

東尼·羅斯

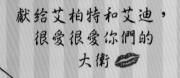

獻給艾柏特和艾迪，
很愛很愛你們的
大衛 💋

謹獻給這世上最棒的父母，
也就是我的爸媽！
T.R.

謝謝你們

我要謝謝：

我的插畫師**東尼**。東尼的爹地是個魔術師，他會帶東尼上臺，要他表演一些簡單的把戲，卻又不告訴他要怎麼做出這些把戲。這對一個七歲的男孩來說真是超尷尬的。

執行出版人**安珍妮**（Ann-Janine Murtagh）。安珍妮的爹地熱愛跳舞，他曾經說過「他的腳底下有音樂」！他會不斷抓著她轉圈圈，直到她頭暈為止，這對一個六歲女生來說超好玩的，可是當她十六歲的時候，還這樣繼續轉圈圈，就真的很糗了。

哈波柯林斯出版社執行長**查理**（Charlie Redmayne）。查理的爹地以為在法國用法國腔大聲說英文是一種有效溝通方式。

我的文學經紀人**保羅**（Paul Steven）。保羅的媽媽會在她的生日宴會上把自己打扮成《亂世佳人》裡的郝思嘉，要他陪她一起跳舞。他說：「我很開心，我現在很熱愛跳舞。」

我的編輯**哈麗葉**（Harriet Wilson）。她媽媽會親自縫製哈麗葉的所有衣服，因為她說自己縫製的衣服比店裡買來的好多了。其實沒有。

藝術編輯**凱特**（Kate Burns）。為了慶祝二十五周年紀念，凱特的父母讓她穿得像西班牙佛朗明哥舞者那樣，然後坐在用豬棚材料搭建起來的彩繪花車上繞行村子，而且是在雨中喔！

版權經理**莎曼珊**（Samantha Stewart）。莎曼珊得嚴格遵守晚上六點上床睡覺的規定，哪怕她已經是青少年。（這就是為什麼她靠手電筒讀了這麼多書……）

創意總監薇兒（Val Brathwaite）。薇兒的媽媽非常鼓勵自己的孩子聽歌劇，所以每當他們放學回家後，家裡都會大聲播放歌劇。薇兒有朋友來家裡喝茶時就顯得尤其尷尬。

設計師凱特（Kate Clarke）。凱特記得她爹地會連續好幾個禮拜都在哼唱著英國流行歌手 Chesney Hawkes 的那首《獨一無二》（The One and Only），因為他說那是他有史以來最喜歡的歌。這快把她跟她哥哥都逼瘋了。

設計師艾洛琳（Elorine Grant）。艾洛琳的媽強迫她吃燕麥粥，結果現在只要聞到那個味道都會讓她覺得噁心想吐。

設計師馬修（Matthew Kelly）。馬修的媽開著粉紅色的小莫里斯車去接他放學，那部車破爛到你在坐在車裡低頭可以直接看到馬路。

設計師莎莉（Sally Griffin）。莎莉和她的第一任男友坐在花園裡，而她媽媽和妹妹居然從臥室窗戶朝他們丟擲冷凍豌豆！

我的音效編輯譚雅（Tanya Hougham）。譚雅小時候是個野丫頭，但是她媽媽很堅持，一定要她穿上最誇張、最讓人全身發癢、最多花邊的洋裝……真是糟糕透頂！

行銷負責人亞歷士（Alex Cowan）。亞歷士的媽會把他最喜歡的翻領毛衣放進熱水裡洗，結果縮水成洋娃娃穿的尺寸。

我的公關總監潔拉汀（Geraldine Stroud）。潔拉汀的媽以前為了節省理髮費用，會拿裁縫用的大剪刀幫她剪瀏海……一向沒有好下場。

David Walliams 大衛‧威廉

大衛媽
寫的一封信

全球各地親愛的小朋友好：

　　嗯，讓我想想……我對最近這本書《糟糕壞父母》的看法如何？好，我必須說我兒子這次真的是太放肆了。我大半生都在照顧他，直到現在我都還在洗他的臭內褲！小朋友，我跟你們說，他的內褲實在有礙觀瞻。喔不，根本是不堪入目。就像是嗅覺版的抽象畫一樣難以理解。

　　結果我的大衛竟然還敢寫一本書來說爸爸媽媽的壞話？！我可不可以建議他乾脆再寫一本書，書名就叫做《糟糕壞兒子》？那他就可以把他自己寫進書裡了！事實上他說

過太多很糟糕的話，也做過太多令人討厭的事，簡直多到可以寫出一百本書。

再不然，就讓大衛寫出一整套的《糟糕壞大衛》好了，那就更再好不過了。只不過我不確定還有沒有足夠的空間容納。因為我的大衛已經寫了九百三十七本書了！是九百三十七本哦！而且這還只是到今天早上為止哦。這九百三十七本書都有了它們該有的位置，尤其是最新的這一本。我強烈要求你們**不要**讀它。拜託你們現在就**停止**讀下去了！

謝謝你們。

哦，你們還在啊？真是討厭。反正我已經警告過你們了，你們愛聽不聽！這本書根本糟到不行，**糟到最高點**，而這形容詞市面上都還找不到呢，所以快把它放進你的**威廉大辭典**吧！

不過最最糟糕的是，這篇引言甚至不是我本人——大衛的媽寫的。而是他假冒我的名字寫的！他就是這種兒子！卑鄙下流。

你的（才不是呢）
凱瑟琳‧威廉太太 *

---

* 這甚至不是我的名字。我的名字其實叫做凱瑟琳‧韋廉姆斯。但我那**白痴**兒子竟把姓氏給改了。

目錄

都督老師　p.149

蒙提獨霸　p.179

哈麗葉　p.207
旋風

浮誇勛爵　p.245

媽媽超人　p.273

彼德兵
腳丫世界無敵臭的爹地

腥

臭

兵

彼德兵

　　爸媽總是有**百百種**方法可以讓他們的孩子糗到不
行：

　　吐口水在手帕上，然後再用它來擦你的下巴。

彼德兵

「呸！不要動！」

「**好噁哦！**拿走啦！」

就算你個子已經大到坐不下了，還是硬把你塞進嬰兒車裡，推著你到處逛。

「噢！我可愛的小貝比！」

「**我不是小貝比！
我已經十三歲了！**」

每次你祖母來訪，就要你來一場歌舞秀。

「跳啦！跳啦！為我們跳隻舞吧！」

「**我又不是馬戲團的猴子！**」

「好啦，跳啦！猴子！快跳舞啦！」

硬要在學校大門口親你，害你臉上都是口水。

「姆嘛！」

「**放開我啦！我臉上都是妳的口水！**」

亂糟糟
糟糕鬼父母

把你打扮得像是維多利亞女王
時代的水手來參加親戚的婚禮。

「你看起來好可愛哦！」

**「我乾脆跟船一起沉入
海底好了！」**

一而再再而三地告訴你，在他們
那個時代，日子過得有多苦。

「小子，想當年我們小時候根本沒
有糖果餅乾可以吃，如果很餓，就只能
拿塊石頭舔一舔。」

**「少來了，老爸！你媽是
英國女王欸！」**

拿修指甲的小剪刀來剪妳的瀏海。

「不要動！」

「媽，用這個不行啦！」

「誰說不行！所有小孩都是
用這個剪！」

「本來就不行，從來都不行！」

彼德乓

在你十二歲的生日派對上，跟你的所有朋友詳述，當你還是小貝比的時候，在尿布裡拉了什麼。

> 「我從嬰兒床把她抱起來的時候，我以為她只是在上一號，可是從她臉上那沾沾自喜的表情來看，我就知道她一定是上了大號……」

> 「**媽**，拜託妳好不好！」

但是鮮少有父母糗爆孩子的功力勝過這位先生。

彼德和他的太太潘妮有一個女兒，把她取名為乓乓。

但這還不是最糗的事。真正糗的是彼德乓的腳丫。這位先生有一雙**世界無敵臭**的臭腳丫。*

彼德的個子可能很矮，但是在**臭味世界**裡，他可是個**巨人**。

---

* **小威亂爆料：**這麼多年來，臭腳丫的世界記錄保持人是一個叫做臭臭麗塔的小女孩。麗塔只要穿著夾腳拖，大搖大擺地走進學校，就能在短時間內淨空整個學校。沒能及時奪門而出的老師和學生都會被腳臭味當場熏到昏倒，失去知覺。這表示麗塔完全不用寫學校作業。好耶！

如果你的腳丫**奇臭無比**，你可能會把它們藏起來……穿上超厚的襪子，再把腳塞進堅固的鞋子裡，最好是靴子。

但彼德丘不會，絕對不會。彼德對他的「**丘味**」感到**很得意**。

他知道他的腳丫**臭到爆***，而且他想跟大家**分享**。

所以不管天氣如何，彼德丘總是穿著運動涼鞋，哪怕是踩在很深的積雪裡。他穿的是露趾的皮製涼鞋，所以大家都看得到他腳上的雞眼、水泡、和骯髒的趾甲……當然也能盡情聞到他的**腳臭味**，尤其是離地面最近的小老百姓，所謂的矮子。

那到底是什麼味道啊？

起司味嗎？

這絕對不是味道較為溫和的切達起司或溫斯利代爾起司。

我的老天鵝啊。

那是一個放在太陽底下已經凝固十年……

貨真價實……**無敵臭****……的爛起司。

***威廉大辭典**對**臭到爆**的定義是「非常非常非常非常非常非常非常非常臭」。
****威廉大辭典**對**無敵臭**的定義是「非常非常非常非常非常非常非常非常非常非常非常非常非常非常非常非常臭」。

彼德乓

　　彼德乓的腳臭味濃到肉眼都看得到。他那兩隻腳丫總是瀰漫出黃黃綠綠、甚至帶點褐色的氣體。

　　哼哼！

　　為了蓋住這味道，彼德乓的女兒乓乓會動手烹飪。美味食材的香味瀰漫整間廚房，在他們的小公寓裡流竄，幾乎，幾乎啦⋯⋯抵消掉她父親的腳臭味。

　　於是幾周、幾個月、和幾年下來，乓乓成了一個大廚。每天晚上她都能為全家人烹調出美味的食物：派、燉菜、咖哩、乳脂鬆糕、奶酥。乓乓夢想有一天能逃離這個惡臭的家庭公寓，成為世界有名的大廚，有自己的暢銷食譜，並且在世界各地開餐廳。

　　乓乓成了一個很厲害的廚師，厲害到她母親潘妮居然提議要她去參加電視上的烹飪比賽，那檔節目叫做

廚藝大賽，是一個很受歡迎的系列節目，業餘廚師們會在節目裡互相競爭，爭奪**廚王**的**寶座**。因為這是一個上千萬人觀賞的電視節目，得勝者會立刻聲名大噪，**財源滾滾**。

廚藝大賽 是在一座巨大的粉紅色帳棚裡拍攝。雖然成年人才有參賽資格，但因為乒乓太有天分了，所以即使她只有十二歲，還是**破例**獲准參加。

小女孩不准她父親去到節目現場。她知道他的腳臭味可能毀了一切，**徹底搞砸**！所以臭腳丫絕對**禁止進入**。乒乓也的確一路過關斬將，挺進最後決賽。而且因為年紀輕輕又天分極佳，她成了奪冠呼聲最高的選手。

廚藝大賽 的主持人叫湯尼軟糖，他是一個大塊頭，總是笑咪咪的，看起來很懂得享受眼前美食。軟糖最有名就是他頭上那頂一看就知道是假的棕髮，還有臉上那付亮色眼鏡以及身上的花襯衫。這些都是用來補強他本身欠缺的個人特色。

廚藝大賽 有兩名裁判，第一位叫做巴比寶萊塢，

彼德乒

他是一家知名印度餐廳：泰姬瑪哈陵第二的老板。巴比總覺得自己非常酷，但其實沒有。第二位是一個老太太，也是出色的廚師，叫做潘娜洛普梅乾夫人，她的**身段優雅**到就連**英國女王**也自嘆弗如。

這兩名裁判每周都會品嚐菜餚，作出決定。在他們幾經深思熟慮下，參賽者不斷被淘汰，直到節目漸近尾聲，才會為最終勝出的**廚王加冕**。

最後決賽時，僅剩的幾名參賽者必須烹調出自己最拿手的義大利菜。除了乒乓之外，還有另外兩個業餘廚師也一路過關斬將，挺進最後決賽。

亨利大摳給觀眾留下很深的印象。他是一個身上有刺青，塊頭兒**很大**的傢伙，老是穿著摩托車騎士會穿的那種破舊的黑色皮夾克，背面繪有一顆骷髏頭和兩根交叉的骨頭。大摳先生曾經靠他的**奶油泡芙**令裁判們為之折服。

　　另一名決賽選手是位總擺著一張
苦瓜臉的女士，從來沒有笑過，總是不
發一語。她的名字叫做薇薇安醋桶。她總是
穿著灰色的翻領針織套衫和長裙，髮型看上
去就像是把一個布丁碗戴在頭上用剪刀沿
著碗的邊緣剪出來的。薇薇安曾經靠她的
水煮蛋在裁判面前一鳴驚人。

　　　到了決賽當天早上，乒乓跟她爸媽衝到超市
採購奶油磨菇義大利麵所需的所有材料。可是當
她叫她爸爸幫忙拿貨架最上面的那塊義大利帕
馬森起司時，這男的竟因為自己的腳臭味而分
了神。他跳起來想搆到最上面的貨架時，意外
釋放出了一些「**足底臭**」。**足底臭**是最
臭的一種臭味，它來自腳丫子底下。這臭味
就從腳趾頭那裡一路**裊裊上升**，竄進他的
鼻孔，結果他竟瞬間**陶醉**在那「耐人尋
味的**足味***」裡。

* 這是你可以在**威廉大辭典**裡頭找到的另一個詞
語，這本字典也收錄了上兆個自創的字詞。

彼德兵

　　當時他太太和小孩聞到都忍不住作嘔，而彼德也因為這味道而一時之間弄花了眼睛，那味道把他的眼淚都熏了出來，於是他誤拿到一塊豬脂油，不過這個錯誤直到很後來的時候才被發現。

　　他們一買完所有食材，姓兵的這一家人就衝到大帳棚那裡，帳棚架設在英國一處美麗的鄉間。

　　廚藝大賽 的總決賽是現場直播，世界各地都能即時收看。

「比賽開始！」

　　湯尼軟糖大聲宣布，
　　於是三名決賽者開始動手。

亨利大摳正在做潘娜朵尼水果蛋糕，薇薇安醋桶又在做水煮蛋。

「醋桶小姐，這怎麼會是義大利菜呢？」湯尼問道。

「下這顆蛋的母雞來自義大利。」薇薇安聲稱。

他們繼續埋頭苦幹，只剩半個小時來煮出令裁判驚豔的美食了。

乒乓目前作業都很順利。她先炒了磨菇，再放進奶油義大利醬裡，然後再淋到熟度完美的義大利麵上，麵體不會太硬也不會太軟，剛剛好。而最後收尾的畫龍點睛部分是把帕馬森起司磨碎，灑在義大利麵上，將風味提升到令人驚豔的境界。她拿出刨絲器，臉上浮起笑容。她快完成了。可是當乒乓把手伸進袋子裡要拿帕馬森起司時，竟驚恐發現那居然是一塊

彼德乓

「爹地！」她的叫聲響徹帳棚。那對自豪的父母原本正從帳棚裡的縫隙窺看比賽現況，此刻趕緊衝過來找她。

「我的寶貝，怎麼了？」她母親問道。

「你們看！」女孩大聲說道，同時給他們看那塊豬脂油。

「彼德，你拿錯了！」媽媽斥責道。

「這不是我的錯！當時好像有什麼東西跑進我的眼睛裡。」他抗議道。

「爹地，你眼裡只有你的腳臭味！」

「廚師們，只剩下一分鐘了！」

湯尼軟糖大聲喊道。

「**完了！**」乓乓大叫。「我的義大利麵毀了。我輸定了！」

彼德乓靈機一動！

叮！

「我有個點子！」他笑容滿面地說道。「我知道哪裡可以拿到**無敵讚**的起司！」

「沒有時間了！」乓乓嘶聲說道。

「還剩三十秒！」

軟糖喊道。

「你看吧！」女孩說道。

「別擔心，爹地會幫妳扭轉乾坤！」彼德說道，隨即抓起碗和刨絲器，*奔過*大帳棚。

接下來他要做的事情一定會讓你做惡夢。
不只是惡夢，
而且是很有起司味的惡夢。
有起司味的惡夢是最可怕的惡夢。

彼德兵脫掉涼鞋，開始把他腳底板的厚皮刨進碗裡。

剉！剉！剉！

這個「兵味」真的是「兵剉出神入化*」了。

*威廉大辭典也有收錄這個詞語，所以今天就去買這本字典吧！它比真正的字典好用太多了，真正的字典裡根本沒有任何自創的字。

「**剩下十秒！**」彼德聽見湯尼軟糖在帳棚裡這樣喊道。

他趁倒數計時開始的時候，趕緊衝回去找他女兒。

「十、九、八、七、六、五、四、三、二⋯⋯」

急急忙忙的彼德不小心被一個鍋子絆倒，整個人飛了出去。他的那碗**髒垢起司**也跟著飛出去，乒乓都還來不及聞，它就像雨點一樣好巧不巧地灑在她的義大利麵上。

「⋯⋯**一！**」湯尼軟糖說道。「**時間到，廚師們！**現在真相揭曉的時候到了。裁判們，**該我們來品嚐了。**」

兩位裁判巴比寶萊塢和潘娜洛普梅乾夫人聞言立即起身試吃。他們首先品嚐了大摳的義大利水果蛋糕。

「本人我，肯定會喜歡！」梅乾夫人大聲說道，同時拿起一片蛋糕。

「漂亮！」巴比說道，同時把剩下的蛋糕全塞進嘴裡。「就像我一樣！」

梅乾夫人翻了個白眼，顯然她很氣這頭豬霸佔了鏡頭。

乒乓聞了聞她義大利麵上面的**起司**。

那味道聞起來**糟透了**。

「爹地，你從哪裡弄來這起司的？」她嘶聲問道。

「別擔心，這絕對新鮮！」他回答她。

彼德乒

在此同時，主持人和兩名裁判已經走到薇薇安醋桶那裡，後者一如往常地連給個微笑都吝嗇。

梅乾夫人率先嚐了一匙。「嗯……本人我，一定要好好恭喜妳。這簡直就是教科書等級、有雞蛋風味和雞蛋形狀的雞蛋，簡而言之，很雞蛋！」

「這絕對是個雞蛋！」湯尼嘟囔道。

「完美！」巴比補充道。「就像我一樣！」說完就把剩下的蛋全塞進嘴裡，包括蛋殼和有的沒的。

梅乾夫人嘴裡小聲嘀咕「可笑的矮子」這幾個字。

「爹地！」乒乓嘶聲道，「這個起司該不會是我想的那種東西？」

「彼德！不會吧！」媽咪也說道。

「噓！」爹地要她們安靜。「他們不會知道的。」

這三個人來到乒乓的工作檯前。

「哇！」湯尼驚嘆道。「這個起司的味道……好濃郁哦！」

「是帕馬森起司！」彼德撒謊道。「是一種很特別的**義大利起司**。」

主持人被大大激怒。「我很懂起司！」他厲聲回答，同時拍拍他圓滾滾的肚子。

湯尼、巴比寶萊塢、和梅乾夫人全都急著去撈義大利麵吃。

「我快餓死了！」湯尼大聲說道。

「餓壞了！」梅乾夫人補充道。

「我餓到都要發飆了！」 巴比喊道，臉上仍沾著蛋和雞蛋的碎屑。**「好餓啊我！」**

說完他們開始大吃特吃乒乓的義大利麵。可憐的女孩一臉**驚恐**，以為自己的美夢就要化為泡影。但是湯尼、巴比、和梅乾夫人狼吞虎嚥著，顯然他們都非常享受。

「太好吃了！」
湯尼大聲說道。

彼德乒

「可以用三個字來形容，」梅乾夫人說道。「『**色、香、味**』俱全。」

「**好好吃哦！**」 這是巴比的結論。但因為碗裡剩沒多少了，他索性把整個碗拿起來，將剩下的麵條全倒進嘴裡。

「我們決定好優勝者了嗎？」主持人追問道。

大帳棚裡瞬間**鴉雀無聲**，全世界都跟著**屏息以待**。

兩名裁判正在交頭接耳。

「有了！我們已經決定好了！」梅乾夫人大聲說道。

三名決賽者⋯⋯亨利大摳、薇薇安醋桶、當然還有乒乒⋯⋯看起來都很緊張。誰會成為**廚王**呢？乒乒的爸媽都在雙手合十地禱告著。彼德的**腳垢起司**有可能把他女兒的義大利麵扭轉成一盤**美味佳餚**嗎？

到底是他？是她？還是她？會成為優勝者？

全世界都在看。

也都在等。

這可是自從人類首度登陸月球以來，最刺激緊張的電視節目了，而且就算沒有比登陸月球的實況轉播重要⋯⋯

至少也是同等重要。

但事實上，絕對比那更重要。

兩名裁判跟湯尼軟糖交頭接耳了好一會兒，主持人才清清喉嚨。

「今年 廚藝大賽 的優勝者……」他開口道，「**廚王**是……」

然後他停頓好久，久到你都可以在等待的時間裡讀完整部《魔戒》了。

「乒乓！」

「耶！」

彼德乓放聲
大叫。

「好耶！」

他太太也放聲
尖叫。

彼德兵

「我不敢相信！」兵兵大聲說道。

「妳就相信吧！」湯尼軟糖繼續說道。「因為妳……雖然只是個小女孩……卻打敗了大人！」

亨利大摳低聲怒吼。「吼———」

薇薇安醋桶狠瞪著女孩，火冒三丈的程度幾乎可以炒熟一盤蛋了。

兩名裁判搬出獎座……一只金色的炒鍋，遞給兵兵。

「恭喜妳！」

「做得好！」他們柔聲讚揚。

「這都是靠我的祕密配方才一舉成功的！」彼德大聲吹噓。

「噓！」兵兵要他別出聲。

「祕密配方？」湯尼軟糖問道。「快告訴我們！」

「不要，爹地，千萬不要說！」女孩懇求道。

但是現在大家都很想知道，包括裁判和其他決賽者……

「祕密配方是什麼？」

「嘿，告訴我們是什麼？」

「我們必須知道！」

「是水煮蛋嗎？」

「呃……」彼德開口道,「如果你們無論如何都想知道的話……那其實不是帕馬森起司,而是……」

「**爹地,不要說!**」乒乓尖聲喊道。

「**腳垢起司!**」他自豪地說道。

「你們看!」說完同時秀出那雙惡臭的腳丫。

突然間,湯尼軟糖、巴比寶萊塢、和潘娜洛普梅乾夫人的臉全都綠了。湯尼軟糖第一個嘔吐,把義大利麵全吐在巴比寶萊塢的身上。

「**噗嘔!**」

巴比也不遑多讓。也跟著把義大利麵吐在梅乾夫人的身上。

「**噗嘔嘔!**」

但你可能會很驚訝,在這三個人當中,梅乾夫人嘔吐

「**噗嘔嘔嘔嘔嘔嘔嘔噗**

的氣勢最驚人。

這位老太太把她肚子裡的義大利麵吐在兵家人身上。

「嘔！」

然後又吐在亨利大摳身上，害他瞬間爆哭。

「嗚嗚嗚！」

接著又吐在薇薇安醋桶身上，害她眼睛瞬間像兩顆水煮蛋一樣爆凸出來。

緊接著又吐在湯尼軟糖身上，假髮當場被噴飛。

嘩啦！

「我都不知道原來我是禿頭！」他撒謊道，原本戴著假髮的禿頭如今全被義大利麵覆蓋。

啦啦啦啦啦啦噗嘔噗」

最後她轉向巴比寶萊塢。

「不要！」他尖聲大叫。「妳得為我的
粉絲們著想啊！」

「哦，我會的。」梅乾夫人回答，隨即朝她的工作夥
伴噴了一身。

「噗嘔嘔嘔嘔嘔嘔嘔噗啦

巴比嚇得往後彈，
企圖躲開她噴吐出來的
東西，結果**重重撞上**
大帳棚的其中
一根柱子。

彈！

彼德乒

攝影機繼續拍攝，全球各地的觀眾都在自家的舒適客廳裡目睹了這場**鬧劇**。

「爹——地——」乒乓大叫，

「都是你害的啦！」

「有什麼問題嗎？」他問道，

「還需要**更多起司**嗎？」

布蘭達膨風

愛說大話的媽

天花亂墜

信口開河

胡說八道

布蘭達膨風

貝拉這位小女孩有個**大麻煩**。

這個麻煩就是她媽。

布蘭達把她的女兒貝拉當成自己的迷你版,她會幫小女孩把頭髮做得跟她的一樣,還讓她穿上跟她一樣的亮粉

布蘭達膨風

紅色洋裝，也戴上跟她一樣的珍珠項鍊。

結果可憐的貝拉被弄得像是一個迷你版的媽。

事實上，如果布蘭達站在貝拉後面幾步距離之外，乍看之下，你一定以為她們是同一個人[*]。

問題是貝拉不想跟她媽媽一樣。她想當她自己。所以只要她媽一轉身，她就會趕緊整理頭髮，摘掉珍珠項鍊，迅速脫下身上的洋裝，露出藏在底下的 T 恤和牛仔短褲。

如此一來貝拉看起來就像她自己，她總算覺得自在多了。

[*] **小威亂爆料**：這是我自己發明的方法，叫做「透視法」。

亂糟糟
米曹米糕壞父母

儘管貝拉被送去全國最高檔的女子學校

高傲淑女養成學校 就讀，但貝拉卻喜歡：

在池塘裡 **踩水**

用**泥巴** 做派

爬樹

飛奔在**長草叢裡**

挖土裡的 **蚯蚓**

玩康克戲 (一種**敲果實**的遊戲)

追鴿子

打水漂兒

從草坡上**滾下去**

背對著穿過**樹籬**

每天下午貝拉步履沉重地走出**高傲淑女養成學校**時，一看到她媽媽那天的打扮，就會糗到全身紅得跟蝦子一樣：

布蘭達膨風

在盛夏時穿著一件*假毛皮大衣*……

帶著閃閃發亮的**鑽石耳環**，那些大寶石重到耳垂都快垂到她的屁股了……

戴著綴有**紅寶石**的名牌太陽眼鏡……

穿著裙襬跟足球場一樣長的禮服……

手腕勾著**假鱷魚皮手提包**，尺寸大到都可以把一條真的鱷魚塞進去……

哦，媽，別又來了！女孩這樣想道。

每當她快走到學校大門時，都會聽到她媽又在跟其他等著接自家**小公主**回家的爸媽們大放厥詞。布蘭達很會**天花亂墜、胡說八道、信口開河**。她一周五天，每天都能掰出新的鬼話。

「運動會那天，我把我們家貝拉帶走了，因為我擔心對你們的女兒來說不太公平。畢竟我們家貝拉每一場比賽都會贏，真是不好意思。」

她在周一這樣吹噓道。

「**媽！**」貝拉大聲喊道，巴不得她媽立刻閉上嘴巴。她全身已經紅得快像顆**番茄**了。

「我們家的貝拉只有十二歲，但是所有老師都說她是天才。她可以跳級直升大學，但是這對那裡的學生不公平，因為她會令他們全都無地自容！」

布蘭達在周二這樣吹牛道。

「妳不要再說了！」 她女兒懇求道，全身紅得跟郵筒一樣。

「學校要表演話劇的時候，我知道他們想要我們家的貝拉包辦所有角色。但是我對教話劇的老師說：不行啦，拜託你一定要給那些沒什麼天分的孩子們一點機會！」

這是周三的牛皮。

「求求妳，媽，別再說了！」

「我們家貝拉當然會說一百種語言，甚至連還沒發明的語言她都會說。」

這是周四的牛皮。

「媽！這太太太太太太太太太太丟臉了！」 貝拉全身紅得跟隻紅螞蟻一樣。

但是布蘭達還沒把最糟糕的牛皮吹出來，一直到最後一天，也就是

周五的時候……

布蘭達膨風

「我們家貝拉是學校裡最漂亮的女孩，這一點對她來說著實不容易。每個人都說她是遺傳她媽媽的美貌，不過這話不該由我來說啦！但這是真的。我實在太為你們感到難過，你們的女兒都那麼醜。你們有沒有想過送她們上學時，幫她們頭上罩個紙袋？這或許可以讓她們心裡好過一點！她們真是可憐的小醜八怪！」

「**妳夠了沒啊？**」貝拉大聲喊道。她現在那張臉就像倫敦巴士一樣紅通通。

反正從來沒有最糟的牛皮，只有**更糟**而已。

直到有一天，有個女孩也來到**高傲淑女養成學校**就讀，而她有一個甚至比布蘭達還要離譜的媽媽。

是的，不可能的事情終於發生了。

這個媽媽叫做卡蜜拉誇誇，她永遠永遠都在**自鳴得意**她的女兒卡蘿。這實在很奇怪，因為卡蘿是你所見過最**呆頭呆腦**的女生。她從來不說話，頂多嘴裡咕嚕幾聲。

「蛤？」

卡蘿整天不是在挖鼻孔，就是在抓屁股，而且還很享受。

摳摳！

抓抓！

亂糟糟
糟糕透父母

這樣的生活對卡蘿來說就已經夠精采刺激了，可是……如果你聽過她媽媽說的話，**我的老天鵝啊**，你會以為這個老愛挖鼻孔、抓屁股、只會像小豬一樣**蛤蛤叫**的女生是個**傳奇人物**。

根據卡蜜拉的說法，她女兒卡蘿在還是小貝比時就已經是獲得**奧運金牌獎**的體操選手……

曾打破記錄，成為有史以來最年輕的**暢銷書作家**，在四歲的時候出版過一本自傳，叫做《**小不點的大夢想**》……

曾靠發行一首慈善單曲：《**（如果著火的話）就尿在樹上**》獨力拯救了整座**亞馬遜雨林**。

自己建造火箭，**發射到火星上**，可惜她在火星的時候，忘了拍照……

培育出一種全新的水果，被她命名為「**叮叮嘟嘟咚咚莓果**」……

終於實現了**世界和平**，雖然只維持了一分鐘……

教會她的金魚玩**拼字遊戲**……

用**火柴棒**製作出艾菲爾鐵塔模型，而且高度就跟真正的艾菲爾鐵塔一樣高……

布蘭達膨風

馬上學會在空中**拋接**十七隻沙鼠⋯⋯*

發明**拖腳夾**，它是一種革命性的全新夾腳拖，先夾住你的腳，再拖著走⋯⋯

把《**哈利波特**》全套翻譯成中文，再翻譯回英文⋯⋯在抓屁股比賽裡奪得**冠軍**⋯⋯

只有最後這一項比較有可能。但還是阻止不了卡蜜拉誇誇每天下午在學校大門口吹噓她家的卡蘿。

貝拉為卡蘿感到難過。卡蘿的媽媽甚至比她的媽媽還要糟糕。

沒過多久這就演變成了

媽媽大戰。

卡蜜拉誇誇的牛皮惹怒了布蘭達膨風。這兩人開始交戰⋯⋯

看誰能在吹噓女兒這件事情上超越彼此。

有一天下午，學校放學了。女孩們從學校一窩蜂走出來時，情況開始惡化⋯⋯

* **小威亂爆料**：拋接沙鼠的世界記錄保持人是俄國的伊果・伊果斯基。伊果曾經一次拋接十九隻沙鼠。但是因為他有三條手臂，所以很多沙鼠雜耍者都認為這算是不公平的競爭優勢。

而這全是布蘭達起的頭，因為她吹噓：「動物園校外遠足時，我們家貝拉救了全班同學，沒讓她們被一條飢餓的鱷魚吃掉。還好我們家女兒朗誦了一首詩來轉移那頭野獸的注意力，而且是用古希臘文哦！」

卡蜜拉也不是省油的燈。她立刻反擊。「這沒什麼。前幾天，有頭大灰熊跑進操場，差點咬到校長，還好我們家卡蘿及時單手將牠扳倒在地。」

兩個女兒當場呆住，**滿臉驚恐**地看著大戰**爆發**。

「你們家的卡蘿不可能徒手扳倒大灰熊！」布蘭達嗤之以鼻。

「為什麼不可能？」卡蜜拉回嗆道。

「因為你們家那個**呆頭呆腦**的女兒只會忙著挖鼻孔和抓⋯⋯抓臀部，我本來不想這麼說的，因為我是個很有教養和身分的女士。」

「我想她應該是在說妳耶。」貝拉對卡蘿低聲說道。

「妳好大膽子！」卡蜜拉大聲吼道。「我們家卡蘿這輩子從來沒抓過她的屁股！」

「蛤？」卡蘿咕噥道。貝拉覺得她的意思是：「有啊，我有抓過啊，妳這個笨蛋！」

布蘭達膨風

「妳那個小可憐就只會挖她的鼻孔，不然就是抓她的……咳咳……屁股！」

「好吧，我承認，但至少我們家卡蘿還懂得換另一隻手做不同的事情，哪像你們家那噁心的女兒，都是用同一隻手！真是噁心死了！」

「齁！」貝拉對卡蘿說，「妳媽出賤招ㄟ！不過她說的也沒錯啦！」

「蛤？」傻女孩附和道。

兩個媽媽現在正在對峙中。

「吼吼吼！」
「吼吼吼！」

「來吧！」貝拉說道。「我們最好趁她們兩個打起來之前，先把她們拉開！」

卡蘿聳聳肩。「蛤！」

於是貝拉抓住她媽的手。「媽，走了啦！」

卡蘿也抓住她媽的手。「蛤！」

　　然後把她們兩個往不同的方向拉，朝各自的勞斯萊斯車拉過去。膨風家有一輛**電光藍**的勞斯萊斯，而誇誇家則有一臺顏色更噁心的**螢光粉**[*]勞斯萊斯。

　　兩位母親在回家的路上也繼續飆車比誰開得快。

　　等到回到各自的鄉間別墅裡，布蘭達和卡蜜拉就可以安安靜靜地各自**生悶氣**了。她們的確在**生悶氣**，**氣**了整個下午，**又氣**了整個傍晚，結果整個夜晚都在**生悶氣**。到了早上，她們已經**氣到快不行**了。而好死不死，那天剛好是**淑女養成學校**的運動會，那是一年一度的活動，所有父母下午都會在賽跑和其他比賽時幫自家女兒**加油打氣**。當然，輸贏這種事，絕對是父母們比自家孩子還要在乎。

* **小威亂爆料**：最糟糕的顏色莫過於**屁棕色**。

那天下午的第一個比賽是跨欄障礙賽。

布蘭達膨風和卡蜜拉誇誇都匆忙趕到終點線的地方。她們都把運動會當成時尚表演，布蘭達穿了一件檸檬綠的洋裝，卡蜜拉則穿著螢光黃的洋裝。已經**氣悶到不行**的她們，自然是各自拉下太陽眼鏡，**怒瞪**彼此。

在此同時，她們的女兒已經跟其他看起來比較熱中比賽的女孩們在起跑點那裡各就各位。貝拉根本沒有獲勝的機會，她也知道她不是跑得最快或最強壯的選手，所以根本不在乎。這女孩擅長的是其他事情，譬如**踩水塘**。

「貝拉，妳一定可以贏！」布蘭達喊道。

「我贏不了的，反正**隨便啦**！」她喊了回去。

「一定要為媽媽跑贏這一場哦！」

「我現在真的很想跑最後一名了。」女孩嘴裡嘀咕。

「卡蘿，打敗她們！」卡蜜拉大喊，「把她們全打敗，讓她們

知道妳才是龍中之龍，鳳中之鳳！她們全都要對偉大
的卡蘿誇誇小姐俯首稱臣！」

「蛤？」卡蘿咕噥道，但她根本搞錯了起跑方向，
面朝著反方向。

砰！起跑的鳴槍聲響起。

所有女孩都衝了出去，貝拉和卡蘿兩人立刻落後。她
們的速度都不夠快到足以跳躍第一座跳欄，於是……

框嘟！ 框嘟！

……索性直接撞倒它
然後是下一個跳欄。

框嘟！ 框嘟！

再下一個。

框嘟！框嘟！

兩個勢不兩立的媽媽看上去快要**氣炸了**。

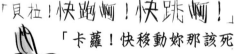

「貝拉！快跑啊！快跳啊！」

「卡蘿！快移動妳那該死
的屁股！」

布蘭達膨風

但兩個女孩沒理她們。事實上，地上有某樣東西令貝拉分了心。

「妳看！」她大聲說道。「一條**蚯蚓**！」

她拾起那個扭來扭去的東西，拿到卡蘿的鼻子底下，秀給她看。

「**蛤！**」卡蘿說道，貝拉認為她的意思是說「我喜歡妳的蚯蚓」。然後那女孩就開始挖鼻孔，再把鼻屎抹在跳欄上。

「你們家貝拉用條噁心的蚯蚓毀了我們家卡蘿的比賽了！」卡蜜拉吼道。

「你們家卡蘿挖出的特大號鼻屎害我們家貝拉分心了！」布蘭達不甘示弱。

「好哦，妳對**大鼻屎**的事情可真懂啊，因為妳看起來就像一顆**大鼻屎**！」卡蜜拉這樣說也不無道理，誰叫布蘭達的洋裝顏色剛好就是**鼻屎綠**。

「我受夠妳了，布蘭達膨風！」

「我才受夠妳了，
卡蜜拉誇誇！」

話一說完，布蘭達就氣呼呼地踩步到撐竿跳那裡，抓起其中一個長竿。

同時，卡蜜拉抓起標槍。兩人立刻展開**生死決鬥**。

「接招！」布蘭達吼道，同時揮舞著她的長竿。

「接招！」卡蜜拉也喊道，跟著揮動她的標槍。

框嘟！框嘟！框嘟！兩邊拿著武器就這樣你來我往。

布蘭達猛地舉起長竿，結果不小心打到其他爸媽的頭。

框！**咚！**碰！

「噢！」

「哦！」

「唉唷！」

這時，把標槍猛地抽回來的卡蜜拉也打到了其他人。

咱！乒！乓！

「啊！」

「哦！」

「唉呀！」

沒多久，所有原本**舉止優雅**的爸爸媽媽都跟著**慓悍**起來，加入這場大戰。運動場上的所有東西都被當成了武器。鉛球、鐵餅，就連跳遠用的沙子也拿來互丟。甚至有一度連**淑女養成學校**的女校長普魯涅拉古板小姐，居然也被幾位媽媽整個人扛起來，充當攻城錘去對付一群畏縮成團的爸爸。

「救命啊！」

學校運動會已經淪為神鬼戰士們的戰場。主角是上流階級的父母對抗上流階級的父母。

不過他們的打法都很賤。

有人：

　　　　扯人家頭髮　　　　　掐人家手臂

　　　　抓人家大腿　　　　　拗人家手指

　　拽人家鼻子　　　戳人家眼睛

　　　踩人家腳趾

　　　　　　　　　　　彈人家耳朵

　　　　　搔人家手肘

　　　扣住人家的頭　　　　甚至

　　　　　　　　　還咬人家屁股

「啊！」

　「哦！」　　「噢！」

　　　　轟！

　砰！　框啷！

　　沒多久，整個操場就都是扭打成團的**恐怖大人**。
女孩們全都瞠目結舌地看著自己的爸媽**互毆**和**咆哮**。

　　「你們家女兒的瀏海是**歪**的！」

　　「你們家女兒看起來像**天竺鼠**！」

　　「你們家女兒聞起來像顆**臭雪球**！」

　　手裡仍拿著**蚯蚓**的貝拉放大音量，穿透場上的吵鬧
聲大聲喊道，「大家，妳們是不是也覺得我們的爸爸媽媽
都是瘋子！」

　　女孩們全都歡聲雷動，附和著她：「耶比！」

　　但這些歡呼聲都沒有蘇菲和安娜這對姐妹來得響亮，
因為她們的媽媽正在猛拔其中一個爸爸的鼻毛。

　　「啊！」

　　「有誰想翹掉這場運動會，去玩
倒退穿過樹籬的遊戲？」貝拉
喊道。

　　這是這個女孩第二
喜歡的遊戲，第一喜歡
的當然是**踩水塘**。

「好ㄟ！」所有女孩都大聲附和，只有卡蘿沒有。卡蘿只咕噥一聲，**「蛤！」**貝拉認為她的意思是說好。

沒過多久，女孩們都玩得**超嗨**。她們放聲大笑，互相打鬧，到處爬樹，在野外跑來跑去，大玩特玩各種遊戲。而且最棒的是，她們愛怎麼挖鼻孔和抓屁股都可以，而且她們就喜歡用同一隻手。

女孩們超開心能夠**真正做自己**，
至於她們的爸媽就只會**出洋相**而已。

貝利蠻牛

如果說貝利蠻牛看起來像金剛，那麼對金剛來說恐怕太委屈了一點。這位渾身橫肉的先生有：

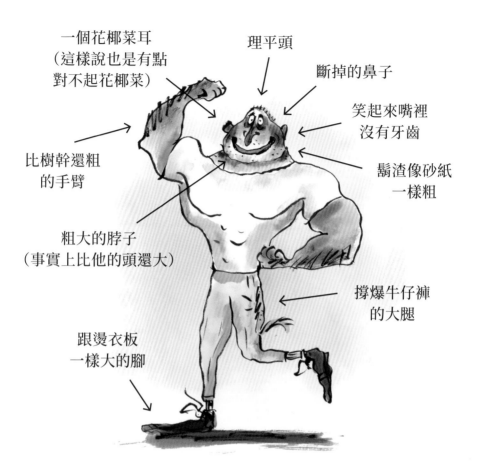

一個花椰菜耳
（這樣說也是有點
對不起花椰菜）

理平頭

斷掉的鼻子

笑起來嘴裡
沒有牙齒

比樹幹還粗
的手臂

鬍渣像砂紙
一樣粗

粗大的脖子
（事實上比他的頭還大）

撐爆牛仔褲
的大腿

跟燙衣板
一樣大的腳

但是大腦只有一顆乒乓球那麼大。每次有人叫他 **用用大腦**，比如拼出他的名字，他就會大叫說：

「我的大腦好痛！」

還好大多時候貝利蠻牛都不太需要用到 **大腦**。那是因為他的工作只會用到 **肌肉**。貝利是個 **大力士**。他打敗

了全國其他所有**大力士**，證明了誰才是**最有力氣**的

大力士。

在這些比賽裡，**大力士**要：

「媽呀！快把巴士放下去！我還要去上班呢！」

將雙層巴士
高舉過頭

跟一頭犀牛角力
「哞！」

從地上徒手
拔起一棵樹
拽！

吞下一臺坦克
「嗝！」

抬起一頭海象，
表演蹲舉
「呼呼！」

把冰箱綁
在背上，
進行賽跑
「呼呼！」

把消防車整個翻過去
摔！

跟一隻倉鼠
比賽瞪眼
嗟嗟嗟！

把火車車廂
斷成兩半
喀嚓！

趁飛機起飛時
跟它拔河

「不好意思！
我要去度假，麻煩你
放手好嗎？」

貝利蠻牛

其他所有知名的大力士都跟貝利一樣，身材看起來就像是充氣充出來的。

這些大力士包括：

力大米奇：他最為人所知的是他比賽時都只穿著一條緊身的紅色內褲。

煞氣查茲：他會把鯊魚當早餐吃掉。

猛男艾斯：據說他曾用頭去撞房子，結果房子整棟瓦解。

肌肉蒙哥：他只鍛鍊他的上半身，因此他有很大的胸肌和手臂，但兩條腿卻纖細到不行。

食人魔：他只會咕嚕出聲，不是從嘴巴就是從屁股。

拳王彼德：他可以徒手打穿水泥牆，而且經常這麼做。

亂糟糟 糟糕壞父母

大肚剛特：他身材壯碩到無法擠進任何一扇門。

奮迪克：號稱是最聰明的大力士，因為他曾在陶藝課裡拿到 c 的分數。

碎碎雷：他的拳頭比他的頭還大。

以及唯一的大力女……**猛女克勞瑞絲**：她是他們當中最可怕的大力士。克勞瑞絲可以單手舉起所有大力士，另一隻手舉起一頭大象。

每個週末，貝利參加這些大多是在**露天遊樂場**和**酒吧停車場**舉辦的大力士比賽時，他的家人也都會到場，包括他太太比安卡和他們的女兒布萊恩。

我知道你在想什麼：哪有人會幫自己的女兒取男生的名字？**布萊恩？**

貝利蠻牛

就有這種人，那就是貝利蠻牛。他根本不知道布萊恩是男生的名字。

每次有人問他這個問題時，他就這樣大聲回答：

「我的大腦好痛！」

不用說也知道，要當一個名字叫做布萊恩的女生其實並不容易。但更不容易的是有貝利蠻牛這樣的爸爸……

比方說全家人去野餐，剛好坐在樹蔭底下，爹地就會把那棵樹連根拔起，搬到別處去。

劈啪！

當媽媽端出整頭烤豬來當周日午餐時，爹地會一口吞下整頭豬。

「嗝！」

要是超市停車場沒有車位了，爹地就會把其中一輛停妥的車抬起來疊在另一輛的上面，這樣就有車位囉。

砰！

要是校車沒等他女兒上車就開走，
爹地一定會把它強行拖回巴士站。

嘟——歪！

有一次在布萊恩的生日派對上，爹地
跳進充氣城堡，結果所有小孩都彈飛到好
幾英里外的高空上。*

呼 咻 咻 ——

要是布萊恩的考試分數很低，
爹地就會衝到學校，抓著老師的
腳踝不停甩圈，直到他女兒的分數變
成**全班之冠**為止。

「好啦，好啦，蠻牛先生，現在的分數是 A+ 了。拜託，拜託，求求你！放我下來！」

呼 咿 ——

每次貝利去上廁所，他都會很用力地拉沖水繩，結果
整個廁所的天花板也跟著塌下來。

啪啦！

砰 咚！

轟隆隆！

* **小威亂爆料**：他們到現在都還在等其中一個孩子掉下來。
在寫這本書的同時，叫做李奧的這個男孩才剛重返地球的大
氣層。

貝利蠻牛

　　如果聖誕老公公沒有給布萊恩一份夠好的禮物，貝利蠻牛就會把聖誕老人的屋子連同聖誕老人、馴鹿、和小精靈全都高舉到空中，直到聖誕老人給出一份好的禮物為止。

　　「齁！齁！齁不住了，救命啊！」

　　要是屋裡沒有食物，爹地可能會從牆上拉出一塊磚頭當點心啃*。

 # 嘎吱！

　　聖誕大餐向來是場苦難，因為要是可憐的奶奶敢從她兒子那裡拿走一片餅乾，就會被拖到屋子盡頭，從窗戶丟飛出去。

　　「啊啊啊啊啊！」

砰隆！

　　可悲的是，貝利蠻牛腦袋**不大靈光**，所以布萊恩很早就知道遇到問題，最好不要告訴她爸爸，不然他可能只會用**蠻力**解決而不是用大腦。

---

* **小威亂爆料**：磚頭並不好吃。但如果有一天你發現自己一定得吃磚頭時，可以塗上厚厚的果醬或花生醬。不過我警告你，磚頭的味道嚐起來還是很「磚頭味」。

有一天下午，女孩哭著從學校回到家裡。

「親愛的布萊恩，」她媽媽大聲說道，「妳怎麼了？」

女孩開口前先隔著廚房窗戶看了看外面的小花園。

她看到她爸爸在花園裡練舉重。他拿著一根金屬竿子，兩頭各架起一臺露營拖車，上下舉重，邊舉邊數……

「一百萬零五下，一百萬零六下……」

看來很安全，
不會被他聽到。
於是女孩繼續
說道：「哦，
媽媽，是校
長啦！她指
責我，說我考
試作弊！」

「妳有嗎？」媽媽問道。

「當然沒有！」女孩
大聲說。「是那個叫騙肖史威提的男生在作弊，他都抄我
的答案。他經常作弊，但都沒被抓到。」

貝利蠻牛

「太過分了！我要跟妳的校長好好談談。」

「可以的話，當然最好囉，媽。」女孩說道，同時擦掉眼淚。「可是妳要答應我不要告訴爹地哦。」

媽媽都還來不及回答，一張很大的臉**赫然逼近**廚房窗戶。

「**不要告訴我什麼？**」這是貝利蠻牛的聲音，從他的表情來看，就是一付很想**惹事**的樣子。

「沒什麼，爹地。」他女兒騙他。

「回去舉重啦，貝利！」他太太趕他回去。「你還有一百萬下要舉耶！」

但貝利不肯罷休。「布萊恩，有人害我的小公主難過嗎？**是誰幹的？**」

「布萊恩，不要告訴他是校長！」比安卡脫口而出。可見媽媽也不是很聰明。

「**媽！**」布萊恩喊道。「妳說出來了啦！」

「對不起，親愛的。」她嘴裡嘟嚷著。

「我要去好好說說那個校長！」貝利大聲說道，同時踩著重重的步伐進了廚房。

「爹地，不要啦！」布萊恩大聲
說道，同時抓住他其中一隻手臂。

「貝利，拜託你好不好！」比安卡也
大聲說道，同時抓住他其中一條腿。

但這頭野獸繼續大步前進。什麼都攔不住他。

這是一個有使命在身的男子。他沒有時間
從大門出去，門是窩囊廢走的。貝利蠻牛
直接破牆而出。

嘎吱！

轟隆！

房子的外牆**應聲倒**
塌，到處是飛砂走石。

留在後面的布萊恩和
媽媽被嗆得不停咳嗽，
話都說不清楚了……

「蛤？」

「蛤？」

……貝利大步穿出漫天沙塵，
朝大街盡頭走去。

停在路邊的車只要擋到他的路，
就被他翻倒到路旁。

哐！

一臺水泥攪拌車直接被他舉高到頭頂上，拋
到某個可憐蟲的前院裡。

隆隆！

不管這些居民想不想要，
　　這都幫他們闢出了一
　　條全新的車道。
　　　一臺垃圾車沿著馬路
開過來，被他當頭一頂……

砰！

……瞬間咻地一聲倒退嚕。

唧———

什麼都阻止不了貝利蠻牛。

沒多久，這頭蠻牛就抵達目的地。他站在大建築的前
面，深吸一口氣。他大步踏上石階，站在建築的兩根
柱子中間伸出兩條手臂，用力一推，柱子全碎了。

空隆隆！

柱子連番坍塌，崩落在地。

轟隆！

整棟建築開始瓦解，這時才有一個老太太的頭從頂樓窗戶探出來。

「親愛的，我能幫你什麼忙嗎？」她朝下面喊道。

「我是貝利蠻牛！」貝利喊回去。

「然後呢？」

「我女兒是布萊恩蠻牛，我是她爸爸！」

「女孩取這名字實在有點好笑，不過這位親愛的先生，你究竟有何貴幹？」

「我是要來找學校算帳的！」

「親愛的，你剛是說學校嗎？」老太太問道。

「沒錯！」

　　「親愛的，這裡不是學校，」她回答。「這裡是老人之家，學校在隔壁。」

　　他當場愣住。

　　「我的大腦好痛！」他大聲說道。

　　「會搞錯也很正常。我們經常收到學校的郵件。親愛的，學校是在那邊。」

　　「對不起，也謝謝妳！」

　　「親愛的，祝你今天愉快！」建築物外牆塌下來的那一瞬間，老太太正這樣說道。

　　框 嘟！ **轟 隆！** **砰！**

　　房間裡的老人家們這下全都曝露在外，嘴裡嘟囔著被蠻牛意外改造後的老人之家。

　　「哦，視野不錯嘛。」

　　「終於有新鮮空氣了。」

　　「午茶時間到了嗎？」

　　這時候貝利蠻牛已經氣沖沖地踩步到隔壁去了。為了確保這次有找對地方，貝利還先對著建築物大聲叫喊。

「校長在嗎？」

過了一會兒，一個看起來很端莊的女士把頭探出辦公室的窗戶。

「學校關門了！」她喊道，同時順了順她整齊的頭髮。

「我是貝利蠻牛！」他大聲喊道。「我女兒叫布萊恩蠻牛，我是她爸爸！」

「女孩取這名字實在很怪，不過，你繼續說。」

「我家的公主在哭。可憐的布萊恩公主。她從來不會考試作弊！」

「哦，真的很對不起，我很抱歉，非常抱歉！我搞錯了！是騙肖史威提在作弊。那男孩已經被留校察看了。我剛剛打電話到你們家，但是沒有人接電話！」

「我們家的外牆塌了！」

「哦，親愛的，真是遺憾。但現在我得趕回家去，才能搶在卡通上演之前先喝杯

貝利蠻牛

茶。我希望這件事已經妥善解決了。」

「沒有解決！」貝利憤怒說道。「我要給這個學校一點教訓！」

「我們學校的確是有在教訓學生，謝謝你的指教，蠻牛先生。」校長回答道。

「妳不要把我當傻子！這是學校自找的！」

話說完，如猛虎出閘的蠻牛就把肥厚的手指塞進學校底下。

「爹地，住手！」布萊恩上氣不接下氣地說道，她跟她媽媽才剛趕到學校門口。兩個人全身上下都布滿灰。

「貝利，拜託你，動動你的大腦想一想！」比安卡補充道。

「我不要想，我的大腦會痛。**我要用我的肌肉！**」他大聲喊道。「你們站遠一點！」

然後氣喘吁吁地將整間學校從地面上抬了起來。

「嘿咻！」

「立刻把學校放下來！」女校長喝令道。「不然我也把你留校察看！到時你就要罰寫一百遍：我不應該把學校從地面上抬起來！」

「我不要！」貝利喊道。「我不要留校察看！我要把學校放到它該待的地方，那就是垃圾桶！」

於是他把整個學校用手臂高舉過頭，腳步踉蹌地穿過操場，走到角落放置滾輪垃圾桶的地方。

「呼！呼！呼！」他大力喘氣，學校實在太重！

貝利蠻牛

比兩臺露營拖車還要重**一千倍**。

「爹地，我覺得學校不適合放在那裡！」布萊恩喊道。

她爸爸現在真的是使盡**蠻荒之力**了。像網球那麼大顆的斗大汗珠正從他臉上滾落。他抬頭看看這座巨大的學校，再低頭看看那不是很大的垃圾桶。就連貝利蠻牛都看得出來根本塞不進去。

「你們有更大的垃圾桶嗎？」他抬頭對女校長喊道，校長為了**活命**，正緊緊抓住窗緣。

「沒有！」她哭喊道。「現在馬上把學校放下來！」

貝利一下子**往左搖**，一下子**往右甩**，整間學校跟著**搖晃不已**。

「拜託你，爹地，你就照校長說的話做！」布萊恩喊道。

現在他臉上的汗珠跟足球**一樣大顆**了。

「我不認為我還撐得了……」

結果貝利還來不及說出「多久」這兩個字，他就鬆了手，學校隨即壓在他身上。

轟隆！
啪搭！

「**爹地！**」布萊恩大叫，她媽媽**驚恐萬分**地將她緊緊抱住。

她們再怎麼使盡全力也不可能抬起學校。

「他沒事吧？」女校長大喊道。

「**他有事！快叫救護車！快打電話給消防隊！快打電話給警察！**」比安卡大聲喊道。

「我知道了！」布萊恩大聲說道。「我們來打電話給**大力士**們！」

貝利蠻牛

她們真的打了，沒多久，九個大力士和一個大力女趕到了。

有**力大米奇**（只穿著緊身的紅色內褲）、**煞氣查茲**、**猛男文斯**、**肌肉蒙哥**、**食人魔**、**拳王彼德**、**大肚剛特**、**奄迪克**、**砰砰雷**、和**猛女克勞瑞絲**，他們全都來到現場。他們人一到，就把學校圍成一圈，再把肥厚的手指伸進底下。

「**用力抬！**」布萊恩喊道。九個力大無窮的壯漢加一個女漢子立刻將學校高高抬起。他們的夥伴貝利蠻牛已經在底下被壓得像片薄薄的煎餅。他們合力將學校放到操場上。

砰！

布萊恩和比安卡衝向貝利。

「**爹地！爹地！**你還好嗎？」他女兒滿臉淚水地著急問道。

「對不起，布萊恩，我覺得學校對我來說有點太重了！」

喔咿——喔咿——*喔咿！*

救護車~~火速~~開到操場。醫生們先把貝利蠻牛像**法式可麗餅**那樣捲起來，才好裝進救護車的後車廂。

「他不會有事吧？」布萊恩問道。

「我們應該可以把他捏回原狀。」醫生回答。「希望他的腦袋沒有受到某種程度的損傷。」

「這可能性不大。」女孩回答。

就在救護車要關上車門時，像可麗餅一樣被捲起來的貝利從擔架上坐起來，對他的大力士朋友們發表感言。

貝利蠻牛

「我知道我頭腦不是最靈光的，」他開口道。「但我希望我今天有教會你們重要的一課……」

「是什麼？」

「快告訴我們！」

「我們都想知道！」所有大力士都異口同聲地說道。

「我也許不是腦袋最靈光的，但千萬記住一件事，絕對不要把一棟學校高舉過頭！」貝利大聲說道。

現場一片沉默。過了一會兒，所有大力士都開始熱烈鼓掌。

布萊恩露出微笑。「爹地，你在我心裡永遠是最靈光的，我生命中最亮的光。」

這男的看起來快要哭了。

「謝了，下一次我一定會盡量先動動我的大腦！」他說道，同時指著他的胸膛。

布萊恩實在不忍心告訴他，他的大腦是在他的頭顱裡面。

救護車的門關上了，貝利蠻牛露出笑容，
伸出那隻又大又扁平的手
向大家揮手道別。

波西汪汪
愛狗勝過愛孩子的媽

波西汪汪

　　波西汪汪**瘋狂愛狗**。她總是穿著印有小狗圖案的亮色羊毛套衫和緊身褲，腳下是一雙狗狗造型拖鞋。這兩隻**又大**又**毛絨絨**的拖鞋，外形像是聖伯納犬，尺寸幾乎跟真的一樣大。

波西汪汪

　　她頭上戴著的髮箍上頭翹著兩隻狗耳朵。假如你還感覺不到她對狗狗的**熱愛**，那你一定是沒看到這個——她客製訂做的房車。首先在車身上鋪了一層厚厚的棕色毛毯，看起來很像是狗毛，然後在引擎蓋那裡黏了一顆黑色的泡綿球當作鼻子。而最後幾個神來之筆都是用布做的：有眼睛、耳朵、尾巴，甚至還有一個又大又鬆軟的舌頭從車頭的前格柵上垂下來。波西汪汪幫這輛車取名為「**笨狗車**」。

亂糟糟
糟糕壞父母

這位女士稱他們的家是「**狗狗窩**」。屋子裡的主題全都以狗狗為主。波西買過：

威瑪獵犬印花壁紙

吉娃娃印花窗簾

北京狗印花圖樣碗盤

形似**雪納瑞犬**的沙發

印有**馬爾濟斯**圖案的馬克杯

鬆獅犬造型的茶几

查理王獵犬造型的茶壺

大丹狗高腳杯

羅威納犬印花地毯

巴吉度獵犬印花床罩

可不只這些，還有前面草坪上的樹籬，也全被剪成貴賓狗的形狀。而在後花園裡，還有一尊巨大的史賓格犬石雕像，那姿態看上去就像正要躍入池塘一樣。波西只有一個人類小孩。

她的名字叫小桃汪汪。她媽媽從她很小的時候，就把她打扮成狗狗的樣子，不是只有變裝舞會的時候喔！我的老天鵝啊，這可憐的女孩有**一整櫃**的狗狗裝，應她媽媽的要求在各種場合穿上它們。

基督教洗禮儀式用的
波士頓梗犬裝

看牙醫要穿的
大麥町犬裝

參加學校迪斯可舞會
的邊境梗犬裝

參加女童子軍夏日節要穿的
整套黃金獵犬裝

練習芭蕾舞要穿的
蘇格蘭牧羊犬裝

跟玩伴們聚會要穿的
整套博美犬裝

猶太教十三歲成人禮要穿的
英國鬥牛犬裝

去公園溜冰時要穿的
愛爾蘭雪達犬裝

去白金漢宮校外遠足時要穿的
柯基犬裝

去卡拉 OK 派對上
要穿的巴哥犬裝

　　不用說也知道，小桃很討厭穿成這
樣，但她沒有別的選擇。她媽媽不買給她
別的衣服。所以學校裡的所有小孩都會取笑她。只有一個
不會，那就是**凱蒂喵喵**，因為她媽媽很瘋**貓咪**，所以她
得穿得像隻**毛絨絨**的**白色小貓**一樣去上學。

　　波西汪汪當然有養一條狗。要是她老公保羅沒有對狗過敏的話（牠們會害他發癢和打噴嚏），她八成會養一百條狗。既然數量上不能滿足她，她就在體型上彌補自己。波西選了這世上體型最大的狗來當寵物……**西藏獒犬**。

　　這種狗的犬名是以牠的原產地西藏來命名，西藏坐落在喜馬拉雅山，緊鄰中國。獒犬這個犬種有四隻大腳和下垂的耳朵。這種巨大的生物最愛懶洋洋地閒晃，通常是被當成看門犬在飼養。牠有棕熊的體型，外表看起來也和棕熊沒什麼不同。

找出差異

狗	熊

波西汪汪

　　波西把她的狗取名為**奈吉爾**。如果說還有其他什麼更不適合拿來當狗的名字，願聞其詳。這頭獒犬看起來絕對不像是一條叫**奈吉爾**的狗，但就像所有名字一樣，取了就甩不掉了。

　　而且不用說也知道，波西把她的**愛**全傾注在她的狗身上。不管**奈吉爾**要什麼，她都給牠，所以**奈吉爾**：

一天可以洗兩次很舒服的澡，洗完還要吹乾

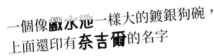

每小時都要準時給牠一串香腸當零食

一個像水池一樣大的鍍銀狗碗，上面還印有**奈吉爾**的名字

一塊金色狗牌，其中一面印著「哈囉，我的名字叫**奈吉爾**」，另一面則印著「沒錯，我知道我很漂亮」。

一組奢華的皮製牽繩和項圈，是著名的時尚設計師芭芭拉巴金設計的

全套梳毛用品，共有一百件，可以滿足**奈吉爾**的所有美容需求

各種特製的超大玩具
供**奈吉爾**玩耍

特製的狗睡籃，裡面鋪滿
最軟的**真絲**被褥

一隻兔寶寶玩具，牠喜歡叼著它
在屋裡到處走，但兔寶寶大到無
法過門而入

一顆內裝馬達的球，可用遙控
器操控，因為**奈吉爾**會懶到
不想去撿球

一幅跟**奈吉爾**本尊一樣大小
的油畫，就掛在客廳壁爐上
方最顯眼的位置

　　問題是這條狗根本無法訓練。因此**奈吉爾**完全肆無
忌憚。當波西派小桃帶寶貝奈吉爾去外面公園散步時，這
個可憐的女孩就會被牠一路拖著橫過
整片草地，卻只能死命抓住牽繩。

「啊！」

波西汪汪

　　當這一家人要吃晚餐時，奈吉爾就會一口氣把所有的食物都掃進牠的肚子裡，可憐的小桃也只能餓肚子。

　　「卡滋！卡滋！」

　　奈吉爾喜歡到波西和保羅的房間睡覺。小桃的媽都會依偎著**奈吉爾**睡，她爸爸只好去房間角落的狗籃裡睡覺。這位可憐的男士整晚都噴嚏不斷，因為他對狗毛過敏；

　　「哈啾！」

　　等他早上醒來時，全身都是狗毛，看上去就像傳說中的**長毛大腳怪**。

長毛大腳怪

爸爸

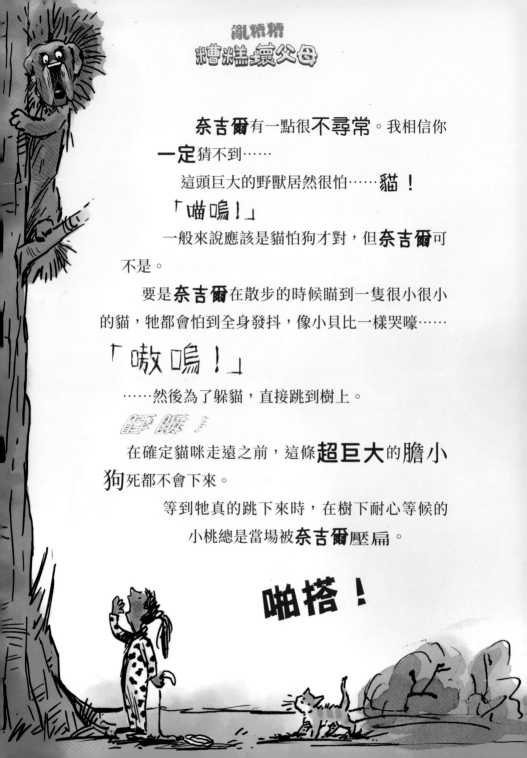

奈吉爾有一點很**不尋常**。我相信你**一定**猜不到……

這頭巨大的野獸居然很怕……**貓**！

「喵嗚！」

一般來說應該是貓怕狗才對，但**奈吉爾**可不是。

要是**奈吉爾**在散步的時候瞄到一隻很小很小的貓，牠都會怕到全身發抖，像小貝比一樣哭嚎……

「嗷嗚！」

……然後為了躲貓，直接跳到樹上。

呼嘛！

在確定貓咪走遠之前，這條**超巨大**的**膽小狗**死都不會下來。

等到牠真的跳下來時，在樹下耐心等候的小桃總是當場被**奈吉爾**壓扁。

啪搭！

波西汪汪

我們的故事就從這一天開始，波西汪汪做了一件你想都想不到的事。

她有了**另一條狗**！

雖然**奈吉爾**的體型已經是一般狗狗的**一百倍大**了，她還是決定為這個家再多添一條狗。她要幫**奈吉爾**找個老婆。她甚至沒有告訴小桃或女孩的爸爸，就買了另一條**西藏獒犬**回家。這次她取名為**奈吉拉**。

那天下午，爹地從學校接了小桃回來。他們才剛走進家門，媽媽就大聲喊道：**「驚喜！」**

「不要吧！」爹地嘴裡嘀咕道，擔心到了極點。

「不會是我想的那個吧？」小桃問道。

「妳想的是什麼呢？」媽媽追問道。

「另一條狗！」爹地和桃桃同時出聲。

「唉唷，別掃興嘛！」

「但真的是另一條狗嗎？媽？」小桃追問道。

「哦，你們真的很不好玩ㄟ！等一下啦！」

然後這位女士就打開通往客廳的那扇門，大聲喊道：

「驚喜揭曉！」

客廳裡躺著**兩條**人類史上已知體型最大的狗，牠們佔據了整個空間，地毯上全是牠們的口水。

「真是令人意外的驚喜啊！」小桃*諷刺地*說道。

這時兩條狗留意到小女孩和她父親的出現，於是開始吠叫……

波西汪汪

……隨即撲了過來，將他們兩個撞倒在地，再用巨大的腳掌踩遍他們全身，這才跳出客廳，而且跳出去的時候，還差點把門撞得跟鉸鏈分家。

「奈吉爾和奈吉拉兩個在一起是不是很開心呢？」媽媽問道。

躺在地板上的小桃和爸爸轉頭對看一眼，表情驚恐。

現在，你可能以為情況不能再更糟了。哦……你錯了。因為當你有一條公狗和一條母狗時，有時牠們會……你猜猜看吧……

生小狗！

有天晚上，奈吉拉生下了不只一隻小狗，也不只兩隻、也不只三隻、也不只四隻……算了，這會拖太長。我還是直接告訴你到底生了幾隻小狗好了。

九十九隻！

九十九隻小**西藏獒犬**擠在一間小小的房子。這些小狗的體型也許比牠們的狗爸爸狗媽媽來得小，但跟其他東西比起來，絕對不小。每一隻都大概是一匹雪特蘭小型馬的大小。

亂糟糟
糟糕蟲壞父母

沒多久，這九十九隻小狗就開始在房子裡自由活動。牠們數量太多，所以根本不可能訓練，因此牠們會：

大便在植物盆栽裡。

噗咚！

一個疊一個地爬上去，把小桃放在冰箱最上面的甜食偷下來吃掉。

啊姆！啊姆！

把女孩的作業簿咬爛。

唰！

看到什麼就咬什麼，包括小桃的腳趾頭。 **啃啃啃！**

跳進池塘裡

嘩啦！嘩啦！嘩啦！

然後甩動身體，把自己弄乾，結果把女孩全身都濺濕了。

甩～甩～甩！

波西汪汪

尿尿在女孩的鞋子裡。　滋滋！　「吼唷！」

衝上樓梯，把小桃撞倒在地！

噠！噠！噠！　嘚嘚！

「啊！」

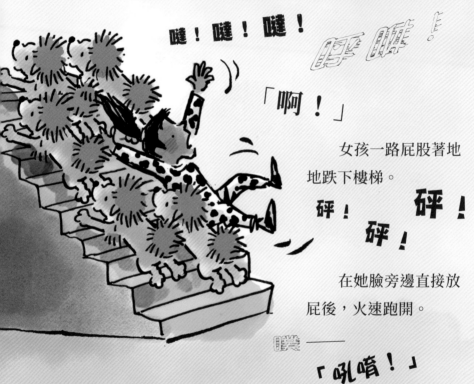

女孩一路屁股著地
地跌下樓梯。

砰！　砰！

砰！

在她臉旁邊直接放
屁後，火速跑開。

噗——

「吼唷！」

霸佔遙控器，不讓小桃看她最愛看的電視卡通。然後
切到有狗狗的電影來看。　「汪！」

說到小桃，她最後被迫搬出自己的房間！因為她媽媽決定給小狗一個遊戲間。

女孩只好睡在沙發上，但常常因為一堆狗坐在她頭頂上而被吵醒。

「討厭！走開啦！」

至於她爸爸，也從臥房被掃地出門，因為他太太現在睡在狗籃裡。

波西把他們的雙人床拱手讓給了**奈吉爾**和**奈吉拉**。爹地沒有選擇，只能睡在溫室玻璃屋裡。這不是很理想的做法，因為早上的時候，鄰居都會看到他把睡衣脫掉。有句老話說，住玻璃屋裡的人……不要大白天脫衣服。

最後小桃和她爸爸再也受不了了。有天晚上他們去找媽媽抗議。

「拜託拜託拜託！我們可不可以送走一些小狗？」女孩哀求道。

「送走？為什麼要送走？」媽媽很震驚。

「因為我們屋子裡有一**百零一條狗**！」爹地大聲說道。

波西汪汪

「哦，我有個好消息！**奈吉拉**又有了！」

「不！！！！！」小桃和她爹地同聲哀號。

「真是太好了，運氣好的話，搞不好很快又會有九十九隻小狗在這裡跑來跑去了。」

「拜託，不行！」 爹地爆氣說道。

「只有兩百條狗而已，沒什麼大不了，哦，這倒提醒了我，我需要把玻璃屋收回來給新的小狗用，當然還有沙發。」

「那妳要我們睡哪裡？」小桃抗議道。

媽媽想了一下。「你們兩個可以去睡垃圾桶啊。」

「垃圾桶？」 小桃不敢相信她聽到的答案。

「對啊，我相信你們很快就能習慣站在裡面睡覺的。現在你們兩個都快走開，我還有一百零一條狗得照顧呢。走開！走開！時間到了，小狗該喝熱牛奶、吃餅乾、聽睡前故事了。」

終於，小桃**忍無可忍**了！

於是那天晚上，天色暗了以後，女孩從沙發上爬起來，**躡手躡腳**地走到玻璃屋。她爸爸正企圖睡在一袋堆肥上，盡量讓自己隨遇而安。

「**噗嘶！爹地！**」她嘶聲說道，不想讓她媽媽知道她正在跟她爸爸**密謀大計**。

「哦，哈囉，親愛的，」爹地說道，他看起來**很狼狽**，鬍子**沒刮**，身上**沒洗**，頭髮**翹得很可笑**。他有半邊臉被**堆肥**弄髒了。

「妳下床做什麼？我是說下沙發啦。」他問道。

「我們必須想辦法處理掉**那些狗**！我們不能再這樣繼續生活下去了！」

「我知道啊，可是能怎麼辦呢？再過不久，我們家就**會擠滿兩百條狗**！」

「爹地，我一直在想一件事。**奈吉爾**怕貓，對吧？」

「對啊，對啊！牠怕貓。每次看到貓，牠就會躲得遠遠的。」

「所以囉，搞不好**奈吉拉**和牠的九十九隻小狗也怕貓。說不定所有**西藏獒犬**都怕貓。」

波西汪汪

「那又怎樣？我們又沒有養貓。」

「是還沒，但是我們可以買一隻**小貓**啊！」

「妳真是天才！」

小桃臉紅了。

於是小桃和她爹地一早起來的第一件事，就是趁波西在幫她的一百零一條狗洗澡時，趕緊衝到當地的寵物店。他們找到一隻看起來很可愛、渾身毛絨絨的**小白貓**，將牠取名為雪花。

等到他們回到家時，小桃把雪花藏在她的外套底下。女孩一走進屋裡的門廳，便大聲喊道：

「媽！」

「我在忙著準備兩百份牛排給狗狗們當早餐吃。」她從走廊盡頭的廚房裡面喊道。

「哦，別擔心，媽，我從外面帶了牠們比較想吃的東西回來了。」小桃喊道。

「妳知道妳在說什麼嗎？」爹地嘶聲問道。

「反正我們可以再買隻**小貓**回來啊！」

「什麼？」 爹地慌張地說道。

「我是開玩笑的啦，別擔心。我會牢牢抓住雪花，」她回答，同時從外套裡面掏出**小貓**，輕輕撫摸這個小東西。

「好吧，妳知道妳在做什麼就好。」爹地說道。

女孩先點點頭，然後才大聲喊道：**「狗狗，快過來！」**

瞬間一百零一條狗全朝他們衝過來。

噠！ 噠！ 噠！

帶頭的是**奈吉爾**，**奈吉拉**和九十九隻小狗緊跟在後。

波西汪汪

「**奈吉爾**，你看！」女孩大喊，同時秀**小貓**給牠看。

「喵嗚！」小貓喵喵叫。

光是看到這隻毛絨絨的**小白貓**，就足以讓全身發抖的**奈吉爾**嚇得哭嚎起來。

「凹嗚嗚嗚嗚嗚嗚嗚嗚！」

而且如小桃所料，其他狗狗也都怕貓。

「嗚嗚嗚嗚嗚嗚嗚嗚嗚嗚嗚嗚嗚！」

牠們全都在哭嚎。

「嗚嗚嗚嗚嗚嗚嗚嗚嗚嗚嗚嗚嗚嗚嗚！」

「嗚嗚嗚嗚嗚嗚嗚嗚嗚嗚

「嘶 嘶！」雪花發出嘶叫聲。

狗狗們全嚇壞了。牠們爭先恐後地沿走廊衝回去。

噠！ 噠！ 噠！

牠們一窩蜂逃進廚房，像一波海嘯似地迎頭撞上媽媽，小桃的媽被當場撞翻。

「啊！」

整個人飛到空中。

狗狗們跟著衝撞後門，門鉸鍊瞬間斷裂。

隆隆隆！

波西汪汪

波西汪汪從空中掉到**奈吉爾**的背上。

 **砰！**

狗狗們竄進花園，撞穿籬笆……

蹦！

……愈跑愈遠，消失在遠方。

但媽媽仍騎在**奈吉爾**的背上，看來這條狗並不打算慢下腳步。

「**救命啊！**」她大叫。

可是她實在被載得太遠了，遠到她的女兒和丈夫都無能為力。

　　不久，這群大狗就只是地平線上的小黑點而已了。

　　「不知道牠們急著要逃去哪裡。」爹地說道。

　　「看這樣子⋯⋯」小桃開口道，「**奈吉爾**會一路

逃回西藏！」

「呼嚕嚕！」
小貓呼呼叫。

泰利太急

　　沒有人喜歡排隊。你絕對不會遇到一個人跟你說：「我最大的愛好就是排隊排一整天。然後等到終於快輪到我的時候，又跑到最後面去排，這樣我又可以再排一次了！」

泰利太急

　　排隊很無聊。排隊很浪費時間。排隊會害你站到腳痛。但排隊是必要的。你必須排隊才能輪到你。

　　譬如在公車站排隊上公車、在學校排隊吃學餐、在遊樂場排隊玩遊樂設施。

　　英國人特別擅長排隊。排隊是一七六六年一位英國女士發明的，她是公爵夫人，叫做昆妮排隊。

　　她的丈夫那時才剛發明了馬桶。在當時那可是全英國唯一一座馬桶，很多人都吵著要試用。事實上是全英國的每一個人都想試用，所以想當然爾一大群人蜂擁而至，爭相去廁所試用馬桶。於是公爵夫人要求大家站成一排，輪流使用她丈夫的偉大發明。

亂糟糟
糟糕透頂壞父母

　　為了全國唯一一座馬桶所排成的隊伍，竟排到跟大不列顛群島的長度一樣長。等你一用完馬桶，差不多就可以準備去隊伍後面重新排隊了，這可是合理的建議，因為等到你排到最前面的時候，你也差不多又想上廁所了。

　　所以現在每個人都很習慣排隊。但是曾經有一個男子**拒絕排隊**。他叫泰利太急。如果他看到有人排隊要做什麼，就算隊伍裡只有一個人（除非你也跑去排，否則其實那稱不上是排隊），他也會出現很**極**端的反應。

他的滿頭紅髮會
豎得筆直

他的眼鏡會
起霧

他的雙腿會
顫抖

他的鼻孔會
噴氣

他的耳朵會
不停拍動，
你會以為他
要起飛了

泰利太急

泰利經常害他的兩個兒子泰德和塔德很糗，因為他總是能搬出**最離譜**的藉口來解釋為什麼他**不能**排隊。

要是他們家附近的漢堡連鎖店排隊的隊伍很長，泰利就會告訴店員：

「我之前在海上迷航了，整整三年除了海鷗大便，什麼都沒吃。拜託你，求求你，讓我插隊先買個雞塊、薯條和巧克力奶昔！」

然後泰利就會把兩個雙胞胎拖到隊伍最前面，而每個人都會用三倍的白眼瞪他們。

每當有人在排隊等著進足球場，泰利就會大喊：

「我是英國足球前鋒新星！我知道我有點老也有點胖，但是我今天要比賽！快讓我進去！

當他們的老爸用手肘推擠到前面時，塔德和泰德就會**滿臉通紅**到不行。

最糟糕的莫過於每次泰利看到等公車的隊伍排得很長時……

他就會大叫：「讓我過去！」同時一路拉著兩個雙胞胎，撞開排隊人群。「這輛公車沒有我，哪裡都去不了！」

「為什麼？」一個死命推著購物手推車的老太太大聲喊道。

「因為我必須坐在後面踩踏板！」

塔德和泰德都巴不得能鑽到地底下！

兩個雙胞胎兄弟快要滿十歲了，於是他們的爸爸問他們想要怎麼慶祝生日。

「我保證你們想去哪裡，我都會帶你們去！」他說道。「只要你們開口，任何地方都可以！」

雙胞胎兄弟看看彼此，然後異口同聲地說……

「瘋狂樂園！」

泰利太急

「**不──**」爹地大喊道。

瘋狂威爾特是個美國億萬富翁，曾製作過卡通片，還打造出全世界最偉大的主題樂園。他在很多年前就因年事過高而離開人世，但他把自己的頭顱**低溫冷凍**起來，希望能在未來**死而復生**。現在未來已經來臨，他的頭顱已經被接在一具機器人的身上，再次回來經營他的**瘋狂帝國**。

瘋狂威爾特曾創造出一個最著名的卡通角色，那就是**瘋豹子**，這是一隻……我想你應該猜得到……**瘋狂的花豹**。這個卡通角色幾乎有一百年的歷史了，你可以在小孩的午餐盒、鉛筆盒、和內褲上找到它的圖案，而且通常都會附帶一句它的口頭禪……

「瘋了！瘋了！瘋爆了！」

全球各地的小孩都很愛有印**瘋豹子**的東西，因此總夢想有一天能去**瘋狂樂園**玩。

但**瘋狂樂園**的唯一問題是要排隊。

人氣最高的遊樂設施排隊隊伍會長到得在樂園裡綿延好幾英里長。你得花一整天的時間，就只為了排隊玩*瘋瘋相連瘋狂雲霄飛車*，或*特長版瘋狂滑水道*、或*小小瘋狂樂園*，然後坐上去之後，一瞬間就玩完了。**瘋狂鬼屋**這個設施甚至只能玩一秒鐘，你一走進前門，一個穿著瘋豹子裝的青少年會對你大喊一聲：「嘘！」然後就把你從後門推出去。

在這地球上，泰利太急最不想去的地方就是*瘋狂樂園*，對一個憎恨排隊的人來說，去*瘋狂樂園*根本是場**惡夢**。可是可是⋯⋯他已經**答應**他的孩子了。

所以泰利要怎麼帶他的雙胞胎去*瘋狂樂園*但又不用排隊呢？

這男的得想出一個**計謀**。

泰利的曾曾曾姨婆就住
在他家閣樓。烏蘇拉姨婆是一個像條
蛇一樣的陰險老太太，要是男孩離她太近，她就
會嘶嘶作響，亮出那一嘴**尖銳的假牙**。她其實已經
很老很老了，老到沒有人知道她到底幾歲，就連
她自己也不知道。烏蘇拉姨婆有一個金屬製
的助行器，如果她要出門就會使用它，但
是她從來不出門，寧可對他們一家大小發
號施令，指使他們照她吩咐做事。

泰利想到一個不要臉的辦法。要是他能夠「借到」那個助行器帶去*瘋狂樂園*使用，就可以假裝自己不良於行，無法排隊久站。屆時*瘋狂樂園*裡每個遊樂設施的員工都會讓他直接排到隊伍最前面。

　　這計畫簡單到棒透了。

　　但是有一個大問題：泰利要怎麼弄到曾曾曾姨婆的助行器呢？

　　這個陰險的老太太絕對不可能讓他拿走她的助行器。就算她住在他家閣樓，她還是很討厭她的曾曾曾姪孫。

　　泰利打定主意：黎明突襲是最好的辦法。於是，就在要前往*瘋狂樂園*的那天，泰利*躡手躡腳*地爬上那道通往閣樓的樓梯，然後悄悄打開門。

「*齁齁齁！呼呼呼呼！齁齁齁齁齁！*」*扁蘇拉姨婆*正在打呼睡覺。她的假牙或者說她的尖牙此刻正浸泡在床頭櫃的水杯裡。她的助行器則放在床頭櫃的旁邊。泰利踮著腳走向助行器，把它拿起來，從床鋪上方拎過來。但就在他拿的同時，助行器的其中一支腳撞上裝著尖銳假牙的水杯。

框啷！

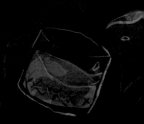

玻璃杯、水、和假牙全砸在地上。
泰利心想，「完了！」

叮！嘩啦！砰！

尖銳的假牙喀噠作響地穿過地板，彷彿是活生生的東西。

喀啦！喀啦！

這聲響驚醒了**扁蘇拉嬷婆**。她倏地睜開一隻像鳥一樣的明亮的豆子眼，然後又睜開另一隻。

「你拿我的助行器做什麼？你這個討人厭的小王八蛋！」她吼道，不過她聲音聽起來像被蒙住了一樣，因為她沒帶**假牙**。

「呃，只是借用一下，**扁蘇拉嬷婆**！」泰利回答，同時拿起助行器衝向門口。

但他竟然笨到橫著拿，助行器撞到門框，卡在那裡。

空隆！

這給了這位陰險的老太太足夠的時間從床上滑到地板上。

然後用她那骨瘦如柴的手指撈起滾在地上的**尖銳假牙**，裝回嘴裡。

「嘶嘶嘶嘶嘶嘶嘶嘶嘶！」她發出嘶聲。

接下來她肚子貼在地上，從地板那頭滑了過來，尖牙戳進她曾曾曾姪孫的腳踝。

嘎蹦！

泰利太急

「啊啊啊啊啊啊!」泰利尖叫。

他火速把助行器轉個方向拿,趕緊衝下樓。

噠! 噠! 噠!

烏蘇拉姨婆仍咬著他的腳踝,不肯鬆口。她就這樣一路跟著,滑下樓梯。

溜!溜!溜!

……而且始終咬著腳踝,尖牙往肉裡越咬越深,

「啊啊啊啊啊啊啊啊啊!」

泰德和塔德聽到他們的爸爸在尖叫,立刻從上下鋪裡跳了下來。

「**爹地?**」泰德問道。

「**發生什麼事了?**」塔德喊道。

「**快進車裡!**」他們的爸爸下令道。

「可是……」他們回答,「我們還穿著睡衣!」

「我說了『**快進車裡!**』」

男孩們只好照做。

他們跑下樓梯，衝出前門，將自己塞進車子後座。這個時候，烏蘇拉姨婆終於拖慢泰利直到跑不動了。他雖然企圖甩掉她，但像條蛇一樣的老太太就是不肯鬆口。

現在只剩下最後一招了。泰利彎腰下去，搔搔曾曾曾姨婆的下巴。

結果她又笑又叫，立刻就鬆開了嘴。

「哈哈哈哈哈哈！」

……只留下鬆脫掉的**假牙**仍緊咬住泰利的腳踝。

泰利趕緊逃走，甩上身後的門。

砰！

他抱著助行器試圖將它塞進車門裡，但它太寬了，塞不進去。

框啷！框啷！框啷！

他靈機一動，順手解下晨袍上的帶子，把助行器綁在車頂，然後跳進駕駛座，發動引擎。

「瘋狂樂園，
我們來了！」

他提高音量，蓋過飛機的噪音
喊道。

等到飛機終於在美國落地（助行器就綁在機頂），泰
利就在機場裡的第一家商店門口停下腳步，在那裡買了一
罐**滑石粉**和一支黑色原子筆。

「爹地，你買這些做什麼？」泰德問道，身上仍穿著
睡衣。

「你等著瞧吧。」他回答。

然後他開始把整罐**滑石粉**倒在頭上。

呼 —— 姆!

機場裡瞬間炸出一大坨白色煙霧，害兩個男孩不停咳嗽，噴嚏連連。

「哈啾！」

「哈啾！」

「哈啾！」

「你到底在做什麼啦！」一樣也還穿著睡衣的塔德追問道。

泰利太急

「我還沒弄完！」泰利說道，同時用黑色原子筆在自己的臉上畫了很多條線。

「爹地，**你瘋了嗎？**」泰德問道。他這麼問也不是沒有道理。

「一點也沒瘋！」這男的露出賊笑，這樣回答。「還有不要再叫我爹地了，叫我阿公！不對，不要叫我阿公，叫我祖公！你們看哦！」

說完，爹地就抓住助行器，沿著機場走道拖著腳步走了起來。

拖——拖！拉——拉！拖——拖！

他正藉著一頭白髮和滿臉皺紋假裝自己是個很老很老很老的人。

變身前

變身後

「這樣子我們在**瘋狂樂園**裡要玩遊樂設施就不用排隊啦！」

「但是我們**不介意**排隊啊，不是嗎？塔德。」泰德問道。

「是啊，大家都要排隊，為什麼我們不排隊？」塔德附和道。

「因為我沒辦法排隊！」泰利太急怒吼道。

他的吼聲大到全機場的人都轉頭過來看。泰利一發現自己露餡，趕緊變回祖公的模樣，拖著腳朝出口走去。

拖——拖！拉——拉！拖——拖！

「我有**不好的預感**！」泰德說道。

「我也是。」塔德也這樣說。

過沒多久，這三人就發現自己來到全世界最偉大的主題遊樂園的大門口。

「瘋狂樂園！」

泰德和塔德幾乎藏不住興奮。兩個男孩開心到不停地**跳上跳下**。

蹦！跳！蹦！

當然他們的爸爸沒有跟著**跳上跳下**，反而緊抓住助行器，拖著腳慢慢走向售票處，路上經過好幾英里長要排隊買票入場的人龍。

「哈哈哈……哈囉，」泰利開口說道，甚至還裝出**又老又顫抖**的聲音來配合他那兩條理當**又老又顫抖**的腿。「可可可……以以請你你你……幫個忙嗎？」他問售票員。「我已經一**百零**一歲了。」

「所以呢？」售票窗內是一個一臉無聊、嘴裡正在吹著口香糖泡泡的青少年。

「我很老，走走走……得不太穩，所以才會有這個老傢伙幫我！」他說道，同時秀了一下他的助行器。

喀答！喀答！喀答！

「而且年輕人，不管怎麼樣我絕**對百分之百毫無疑問**地無法排隊。連排一秒都不行。你有聽到我在說什麼？**一秒都不行！**」

售票員翻著白眼，探手伸進一個金屬盒。

泰利太急

「給你吧，老爺爺！」他說道，同時從售票窗底下遞出三張**金色通行證**。

「**耶！**不用排隊了！」泰利**跳上跳下**地大聲喊道。

他一跳躍，空氣裡立刻被**滑石粉**瀰漫。

「這什麼啊？」

售票員問道。

「呃……這是……」他慌張地吞吞吐吐。

爹地**有麻煩了。**

那些正在長到不可思議的隊伍裡排隊的遊客們都開始狐疑地瞪著他看。

「是頭皮屑啦！」泰利靈機一動地喊道。

「你頭皮屑還真多！歡迎光臨*瘋狂樂園*！」售票員說道。「**下一位！**」

金色通行證代表他們可以在*瘋狂樂園*裡直接走到任何一條排隊隊伍的最前面。

亂糟糟
糟糕爛父母

樂園裡最受歡迎的
遊樂設施首推

瘋瘋相連—瘋瘋相連—瘋瘋相連—瘋瘋相連—

瘋瘋相連—瘋瘋相連—瘋瘋相連—瘋瘋相連—瘋瘋相連—

瘋瘋相連—瘋瘋相連—瘋狂雲霄飛車。

這個雲霄飛車會在軌道上連續轉**十個圈**。
排隊等候的人龍在遊樂園裡綿延繞行了好幾英
里長。你得排上好幾天、好幾周、好幾個月,有
時甚至得**好幾年**才輪得到你。往好處想是,有
的小孩太矮,依法不准玩這種設施,但是可以
趁排隊的時間來長到足夠身高。

太急一家人在大吃特吃了**瘋狂漢堡**、**瘋狂薯條**、和**瘋狂巧克力奶昔**這麼豐盛的午餐之後，就往雲霄飛車走去。

「我不太有把握ㄟ。」泰德嘶聲說道。

「這是我見過最長的排隊隊伍。」塔德也附和道。「爹地，他們會**討厭**我們的。」

「噓！」他們的爸爸要他們安靜。「別忘了我是你們的祖公。相信我，我們絕對可以直接走到隊伍最前面。」

這兩個男孩一邊搖頭一邊跟著爸爸走到隊伍最前面，泰利一路上都用**扁蘇拉嬢婆**的助行器拖著腳步走。

喀嗒！喀嗒！喀嗒！

而那副尖銳的**假牙**仍咬著他的腳踝。

正排隊等候要玩雲霄飛車的其他家庭都已經等到快**地老天荒**了，有些還抱著在排隊時才出生的小貝比，他們看到這三個人從他們旁邊擠過去，都很**火大**。

「嘿！」 「你們以為你們是誰啊？」

「快滾到後面去排隊！」

「快……快快……走過來，我我我……的曾曾孫們！」泰利用他那最**顫抖**的聲音說道。

泰德和塔德先是緊張地互看彼此，然後趕緊穿過那道通往雲霄飛車的柵門。他們很快就坐進**瘋狂雲霄飛車**的第一排座椅上。當雲霄飛車開始**突突**地沿著那條一路綿亙到天際且陡峭到無從想像的軌道慢慢往上爬時，泰利臉上露出了最賊的賊笑。

這是暴風雨前的寧靜。

然後暴風雨來了。

雲霄飛車一爬到最高點，就開始以驚人的速度往下衝。

咻———！

他們轉了第一個圈圈，泰德和塔德注意到他們的爸爸臉色開始發青。**瘋狂漢堡、瘋狂薯條、瘋狂奶昔**都要再度登場了。

雲霄飛車每轉一圈，泰利太急的臉色就變**得更綠**。

泰利太急

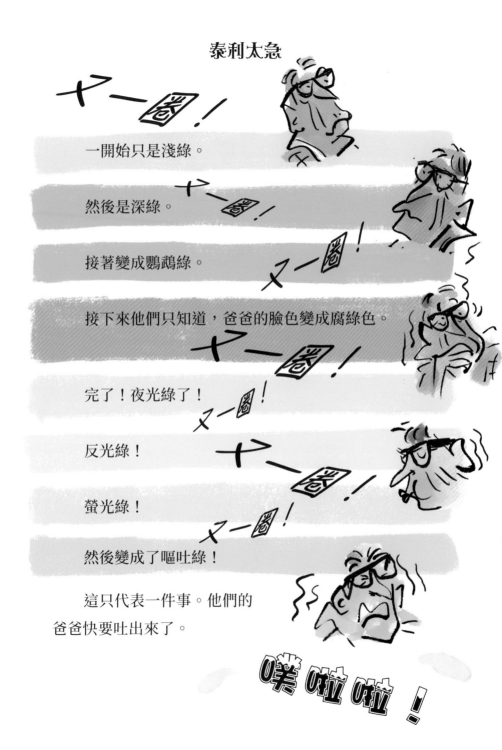

一開始只是淺綠。

然後是深綠。

接著變成鸚鵡綠。

接下來他們只知道，爸爸的臉色變成腐綠色。

完了！夜光綠了！

反光綠！

螢光綠！

然後變成了嘔吐綠！

這只代表一件事。他們的
爸爸快要吐出來了。

他真的吐了。但是在上下顛倒快速移動的地心引力作用下，從他嘴裡**噴出的嘔吐物**……

嗚嘔！

……全都灑在自己的臉上。

啪答！

最後一圈轉完時，泰利太急發現自己從頭到腳都被自己的**嘔吐物**攻擊吞沒。

雲霄飛車終於**戛然停住**。

嘰！

泰德和塔德幫忙扶著那可憐的爸爸下車。這男的眼前什麼都看不到，於是順手用袖子把臉抹乾淨。

這一抹！

用原子筆畫的皺紋立刻不見了，當然之前蓋在頭髮上的**滑石粉**也都不見了。

這位一**百零一歲**的老翁就在**瘋狂雲霄飛車**的整個排隊隊伍面前當場被揭穿。

泰利太急

「他是假冒的！」

「他不是老頭子。」

「他插隊！」

憤怒的吼聲此起彼落。

「我……呃……我是
是……祖祖……公啊！」

「騙子！」

「騙人！」

「假的！」

泰利看見憤怒的群眾包圍上來，趕緊大喊：

「快跑！」

他拔腿就跑，他的兩個小孩也跟在後面跑。

他根本沒時間拿走烏蘇拉煨婆的助行器，於是就被
丟在雲霄飛車旁邊。

「他根本不需要那玩意兒！」

「他還真能騙啊！」

「抓住他！」

原本在排瘋狂雲霄飛車的人，全都跑去追太急
這一家人。

這三個人直接跑進一大群
瘋狂音樂遊行隊伍裡。

偉大的瘋狂威爾特本人就走在最前面，他的頭接在嶄新的機器人身體上，所有的卡通動物夥伴都跟在他後面，他們齊聲唱著瘋狂樂園歌。

「我們愛瘋狂樂園！
瘋狂樂園我愛你！
如果你不愛瘋狂樂園，
你可以滾！」

這裡頭當然有瘋豹子，

還有狒狒傻子。 怪怪海象。

瘋癲水蜥。 發狂鱷魚。

以及王八小袋熊。

泰利太急闖進遊行隊伍裡時，一件難以想像的事發生了——他撞倒了瘋狂威爾特！

砰！

「啊！」億萬富翁放聲尖叫，那顆古董頭顱跟嶄新的機器身體立刻分家，滾到地上。

空隆！

泰利和他的兩個兒子趕緊逃走，那顆掉在地上的頭顱怒聲大喊：

「**瘋狂樂園**的卡通動物們，給我追！」

「爹地，我再也跑不動了，我的肚子在痛！」泰德喊道，同時按住肚子。

「我的兩條腿都在**抖得不行**！」塔德抱怨道。

前方有一輛**瘋狂樂園**的**瘋狂遊園車**，泰利一把拉下司機，跳了進去。

「**上車，孩子們！**」他喊道，於是泰德和塔德跳進後座。**瘋狂遊園車**衝了出去，這時卡通動物們剛好追上，也都撲了上來。

瘋豹子撲在引擎蓋上。

狒狒傻子巴在車頂。

怪怪海象巴住擋風玻璃。

瘋癲水蜥爬進行李箱裡。

泰利太急

發狂鱷魚緊抓住車門。

王八小袋熊趴在後擋風玻璃上。

泰利盡可能加快車速，他猛

地一個轉向，衝進冰淇淋車和

玩具攤裡，企圖甩掉他們。

刷！

碰！

兵！

於是這些卡通動物一個接
一個地摔倒在地。

只有**瘋豹子**還巴著車子。這頭卡通動物朝著車內的腳踏板區域爬了過來。

「出去！」泰利喊道。

但是**瘋豹子**伸手去抓這男的腳踝，想阻止他繼續踩油門。**瘋豹子**邊抓邊用力按在泰利腳踝上那仍咬著**烏蘇拉姨婆**的**假牙**。

「咿咿咿咿咿啊啊啊啊啊啊啊啊啊啊啊！」

泰利當場尖叫，那隻腳瞬間離開油門踏板，**瘋狂遊園車**當場停住。

泰德轉頭對塔德說：「我們的**麻煩大了**。」

「非常大。」塔德回答。

王八小笨熊抬起**瘋狂威爾特**的頭顱，跑來找他們。這個老頭子已經氣到頭都**紅通通**了。「你們以為自己不用排隊，是吧？我要給你們一個**永生難忘**的教訓！」

泰利太急

卡通動物們抓住太急這一家人，遊街示眾地穿過*瘋狂樂園*，遊客們全都對著他們噓聲大作，嘲笑他們。

「噓噓噓噓噓噓噓噓噓噓噓噓！」

「*瘋狂樂園*的粉絲們！」瘋狂威爾的那顆分家的頭顱這樣喊道。「我需要你們幫忙！我要你們盡可能在

瘋瘋相連—瘋瘋相連—瘋瘋相連—瘋瘋相連—瘋瘋相連—瘋瘋相連—瘋瘋相連—瘋瘋相連—瘋狂雲霄飛車

那裡排出一個超長的隊伍。所有排隊的人都可以拿到一支*瘋狂樂園*鉛筆，**完全免費！**」

大家立刻照這位大方的億萬富翁頭顱的吩咐做。

「億萬分的感謝！」頭顱說道。「現在把這個人拖到隊伍的最後面！」

泰利就這樣滿身大汗和全身發抖地被卡通動物們拖到隊伍的最後面。他一被拖到那裡，頭髮就全豎了起來，**眼鏡起霧**，鼻孔張開**噴氣**，**兩腿發抖**，兩隻耳朵**不停拍打**，拍打到他真的騰空**飛了起來**。

呼咻——

　　泰利全身抖得太用力，抖到連那副尖銳的**假牙**也從腳踝上掉下來。

框啷！

　　「這假牙是誰的？」瘋子威爾特的分家頭顱問道。

　　「我曾曾曾**煩婆烏蘇拉**的。」泰利回答。

　　「可憐的老太太一定很需要拿回這付假牙！我敢打賭她一定是位很仁慈的老太太。拜託誰來把它撿起來。我很想自己撿，但是我沒有手、也沒有手臂，連身體也沒有。我會打電話給這位**烏蘇拉煩婆**，這名字真是美，好讓她跟她的**假牙**重逢。現在，你們這兩個孩子沒有做錯任何事，唯一的錯就是有一個這樣**糟糕**的爸爸。孩子們，你們可以有一塊免費的**瘋狂雞塊**吃。」

　　泰德和塔德微笑道：「謝謝你。」

　　「只給一塊**瘋狂雞塊**讓你們兩個一起分吃哦。」瘋狂威爾特的分家頭顱繼續說道，說完目光才移回泰利身上。「**你！**給我站起來在這裡排隊等。這將會是任何人都從未排過的**最長隊伍**！」

　　於是泰利等了又等，**等了再等**，等了**還在繼續**等。

泰利太急

但是他的耳朵拍動得太用力了,導致必須把他綁在地面上,以免他飛走。

他的眼鏡破了。

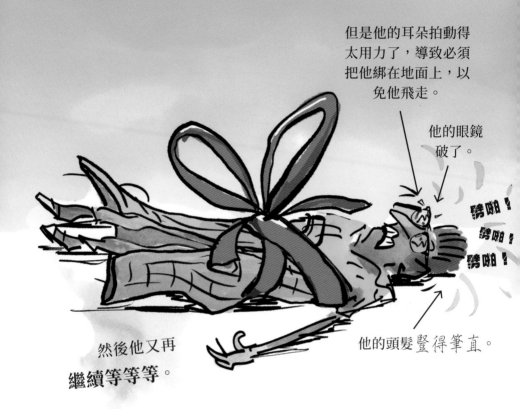

劈啪!
劈啪!
劈啪!

然後他又再
繼續等等等。

他的頭髮豎得筆直。

感覺好像過了一輩子那麼久,泰利總算排到了,準備好要坐上*瘋狂雲霄飛車*。

保險桿放了下來,把他固定在座椅上,*瘋狂雲霄飛車*開始緩緩爬上天際。泰利轉頭去看是誰坐在他旁邊。

恐怖恐怖恐怖！

居然是**烏蘇拉姨婆**！

如蛇蠍一樣陰險的老姨婆朝他轉頭，張嘴露出

尖牙。

「復仇的時刻到了！」她*嘶聲*說道，同時探身過去要咬他。

「不！」 泰利尖叫。

「不不不不不不不不不不！」

都督老師

恐怖，恐怖，真恐怖！ 想像如果你媽媽也是……**你的老師**。不管你在家裡還是學校，你絕對都**很慘**。

想像一下你正在你的房間，躺在床上聽音樂，這時你

都督老師

的媽媽兼老師闖了進來，質問你：「尷尬的英文字母怎麼拼？」

又或者更慘的是，你正在學校上數學課，突然你媽衝進教室問你：「可以現在給我你的臭襪子和髒內褲嗎？我正趕著回家要去用熱水洗衣服。」

全班三十個學生一定會大笑不已。

「哈！哈！哈！」

這正是湯瑪斯都督從小學升到中學時所面臨到的惡夢。他媽媽叫都鐸都督，是 超高中學 的英文老師，湯瑪斯將會在那裡成為她的學生。

這對母子同住在一間裝滿書的小屋子裡。有各種書被擱在架上、堆在地上、疊在桌上。這些是都督老師的愛好，也是她跟她兒子的共通點。湯瑪斯是個書呆子，總是埋首書堆裡。

　　他媽媽是一位老派女士，戴著鏡片很厚的眼鏡，一頭很捲的爆炸頭。不過大家看到她，最先注意到的是她的身高有多高，或者說是有多矮。都督老師的身高只到多數人的腰部。

　　湯瑪斯也從他媽媽那裡遺傳到一樣的捲捲爆炸頭，也戴著鏡片厚重的眼鏡，個子一樣也很矮。當然這男孩很愛他媽媽，不過他也發現她有時會害他很糟。

都督老師

　　她是那種如果你出外逛街，每十秒鐘就會問你要不要去尿尿的媽媽。或者當著你朋友的面問你：「兒子，你剛才有記得擦屁屁嗎？」

　　所以也難怪湯瑪斯對於即將成為他媽媽學校裡的學生這件事感到**無比憂心。**

　　第一天到校的前一個晚上，男孩坐在床上問道：「媽，明天會怎樣呢？我是說我們兩個在同一所學校裡？」

　　「哦，**小湯湯**……」她開口道，同時放下她兒子的熱牛奶並坐在床邊。

　　男孩苦笑。他討厭被叫做**小湯湯**！

　　「**那會出奇地美好，美好到出奇。**」媽媽繼續說道。「只要想像一下，明天早上的第一件事就是我們兩個可以並肩坐在同一輛校車上，就像豆莢裡的兩顆豌豆一樣！我們可以一起背九九乘法表來打發時間，或者更棒的是，我們可以一起唱英文字母歌！**A、B、C**……多好玩啊！」

　　才不要呢！湯瑪斯心想。他想在校車上跟其他小孩玩笑嬉鬧，而不是背什麼乘以二是

多少的九九乘法表或者一路上唱著英文字母歌。

「然後媽咪會帶你去註冊！」她繼續說道。「我已經確定你會在我教的這一班裡！這樣點名的時候，我就不用喊湯湯在嗎？……我只要說『親愛的，你在嗎？』然後你會回答：我在，我最親愛的媽咪。」

才不要呢！湯瑪斯心裡想道。

這真的是愈來愈糟糕了。

「再然後我們可以在午餐時間一起喝新鮮的果汁和非常好吃的餅乾。天啊，太好了！」

不好！一點都不好，根本爛爆了！

「我知道你現在在想什麼……你一定在想，那在午餐之前，我一定會很想念我媽咪！」

我才不會這樣想呢！他心想道，就算過了一億年也不會！

「但我們不會想念彼此太久的，因為我們會一起上課啊，我的傻不拉嘰小乖寶！」

都督老師

不要！！！不要叫我傻不拉嘰小乖寶！

「而且我知道你會一直是班上成績頂呱呱的學生，因為我在家裡可以幫你補習啊！」

不要！！！！男孩想要周末的時候到公園踢足球，而不是在家補習！

「每次你名列前矛的時候，班上的其他男生和女生一定都會覺得你好酷哦！」

不會！他們不會這樣覺得，他們會覺得我很討厭！

「還有我們不用在鬧哄哄的破舊食堂裡吃中飯，我們可以到外面的草地上愉快地野餐。只有我們兩個！」

才不要呢！！！！

「你不會想念你的朋友的，因為只要你想，我們隨時都可以一起跟他們揮揮手說：哇呼！」

不要！才沒有人會對誰說「哇呼」呢！

「放學後，媽媽得負責那些被留校察看的學生。所以我們不能回家看卡通。但你可以跟我一起負責留校察看！那只有一、兩個小時，你可以寫你的作業，要是你喜歡的話，也可以自己寫點詩！寫詩非常非常非常好玩哦！別擔心，我會告訴那些調皮搗蛋的學生你沒有犯什麼校規。事實上，你是最棒的孩子。就算不是全世界……也是全 超高中學 裡……最棒的！」

才不要呢！！！！！！！！！！！！！！！！！！！

這聽起來很像是有史以來最最悲慘的一天。

「聽起來怎麼樣？小湯湯？如果你問我的話，我會說非常完美。」

是非常糟糕吧，男孩心想。

但湯瑪斯不知道從何開口。這些事情都太可怕了，會讓他尷尬到——無地自容、丟臉到家、沒臉見人！他媽媽說的這些事絕對不能發生，不然他這輩子就完蛋了。湯瑪斯將變成大家的笑柄，不只是學生們的笑柄，也會是老師們的笑柄。

都督老師

一個**無休無止**的笑柄，**無人出其左右**的笑柄

「哈！哈！哈！哈！　哈！哈！
哈！哈！　哈！哈！哈！哈！
哈！哈！哈！哈！**哈！哈！」**

「媽？」湯瑪斯吞吞吐吐地說道。他是個好孩子，不想說得太殘忍。所以他必須**小心措詞**。

「什麼事？*湯湯*？」她愉快地回答。

「妳不要誤會我的意思哦，可是……」

「可是什麼？」

「可是我去 超高中學 上學的時候，能不能假裝我們**不是**母子？」

一片沉默。

媽媽的眼裡瞬間盈滿淚水，表情看起來無比悲傷。

「你在開玩笑嗎？*湯湯*？」

「沒有，媽，我沒有在開玩笑。」

「可……可是湯湯，究竟為什麼要假裝我們不認識彼此呢？」她結結巴巴。「這世上沒有任何東西比母子之間的關係還要重要。」

湯瑪斯嘆口氣。他不想這麼說，可是他必須說。「因為如果大家都知道妳是我媽，那會**很尷尬！**」

又是一片沉默。

「可是為什麼呢？湯湯？你該不會是覺得有我這個媽媽很丟臉吧？」她哀求道。

「**不是啦！**」他回答，但回答得太快，以致於令人難以相信。「只是……」

「只是什麼？」她追問道。

「只是這樣會比較好。這樣我才能跟其他同學打成一片。而且別擔心，假裝不是母子的時間不會太久，只有接下來這**七年**而已！」

他媽媽的眼裡都是淚水。「我還有些考卷要改！」她謊稱道，然後就從她兒子的房間逃了出去。

「**唉！**」男孩說道。這時的熱牛奶已經變成冷牛奶了，他只好躺下來睡覺。

都督老師

黎明破曉了，這將是湯瑪斯在 超高中學 展開新生活的第一天。冷冰冰*的早餐過後，母子倆不發一語地走到公車站牌。校車來的時候，這兩人各自坐在車廂裡的頭尾兩處，媽媽坐在最前面，湯瑪斯坐在最後面。

一個長著招風耳，年紀比較大的女孩在一臉緊張的湯瑪斯旁邊坐了下來。男孩的眼睛掃射車廂四周，看看有沒有誰正瞪著他看。這個叫做柯達的女孩挨近他打量。

「你新來的，對吧？」她問道。

「我嗎？對啊。」

「你知不知道你長得很像都督老師。」她說道。

「她是誰？」男孩裝傻問道。

「英文老師啊！她就坐在那裡！」柯達說道，同時指著校車最前面。

湯瑪斯看著那位女士。**「我這輩子從來沒見過她！」**他回答。

---

* 我意思是他們吃早餐時都態度冰冷，不發一語，不是指他們的早餐是冰的。他們其實吃了燕麥片。

柯達不相信。「頭髮一樣捲，眼鏡鏡片一樣厚，一樣沒辦法伸手從很高的架子上面拿到東西。我敢用一整年的零用錢跟你打賭，**她就是你媽！**」

「**不是！**」他**怒氣沖沖**地說道。「她不是！我根本不認識那個女的。現在，請給我一點空間讀我自己的書好嗎？」然後他就從書包裡拿出**莎士比亞全集**，開始翻頁閱讀。

柯達自顧自地笑了起來。她知道這男孩在騙人。

校車終於到站，湯瑪斯總算鬆口氣。這兩個母子還是不看彼此地各自穿過學校大門。校門口有個很大的牌子，上面寫著 超高中學 。湯瑪斯很快就被這裡的景象嚇到了，因為有好多學生都比他高好多好多。有些大塊頭的男孩甚至還長了**鬍鬚**。不是很**濃密**的那種也不是很**毛絨絨**的那種，但就是**鬍鬚**。

都督老師從人群中走出來，朝她的教室走去，湯瑪斯也從人群中出來，朝他的教室走去。男孩邊走邊偷瞄他媽媽，結果……

砰！

都督老師

撞上學校裡兩個**塊頭最大**的男孩。

麻煩大了！

這兩個男孩不只有鬍鬚……他們整張臉都長了毛。如果硬要稱呼這兩個一臉凶相的男孩，那應該就是鬍鬚少年吧！但他們**根本是男人**，應該都十八歲了吧。搞不好他們是因為每年考試都不及格，結果留級了二十年。不管怎麼樣……他們絕對是全校**塊頭最大**的男生。湯瑪斯都督則是全校**最矮小**的男生。

而這兩個男孩其實是長得一模一樣的雙胞胎。

所以是雙倍的麻煩！

他們分別叫雷依粗勇和羅依粗勇。

「對不起！」湯瑪斯客氣說道，希望這件事就此結束。但不幸的是，這只是開始。

「你在看什麼？」其中一個男孩吼道，那是雷依。

任何一個曾經被校園惡霸問過這問題的人都很清楚，不管你怎麼回答，都不會令對方滿意。不管你說什麼，都會有麻煩。

三倍的麻煩！

「你的膝蓋，」湯瑪斯回答。這是一個很合理的回答，因為他的身高真的只到這頭怪物那一堆疙瘩的膝蓋那裡。

「你是在搞笑嗎？」另一個吼道，他是羅依。

同樣的，任何被校園惡霸問過這問題的人都很清楚，不管怎麼回答，都只會害情況**更糟**。

如果答案是「**是！**」……你會被**揍一頓**。

如果答案是「**不是！**」……你也會被**揍一頓**。

「不確定。」男孩慌張地說。

「他不確定！」雷依冷哼道。

「他說他不確定！」羅依冷哼道。

「沒錯，我剛說了！」

「我剛也說了！」

「但是是我先說的！」

「你先說了？」

「沒錯！」

都督老師

　　看來每年留級、連續留級二十年的這件事是有可能的。雷依和羅依本來就不是那種能解決不久將來的能源危機的那兩塊料。就在他們還在爭論不休的時候，湯瑪斯**躡手躡腳**地朝他的教室走去。

　　「**你想去哪裡？**」雷依質問道。

　　同樣的，不管給什麼答案，都無法改善現況。

　　「**你這個偷偷摸摸的矮子！**」羅依咆哮道。「他看起來好像是那個英文老師，她叫什麼什麼……ㄉㄨ什麼老師？我意思是……ㄉㄨㄛ什麼老師……呃……還是ㄉㄨㄛˊ什麼東東老師！」

　　「不像，我看起來不像都督老師，如果你是指她的話！」湯瑪斯抗議道。

　　「哦，你很聰明是不是？只有你知道她的名字唸都……什麼……」

　　惡霸還是記不住這個名字。

　　「我們必須給這個**偷偷摸摸**的矮子一個教訓！」雷依說道。

　　他才說完，這對可怕的雙胞胎就朝男孩逼近。

操場上的學生開始圍了上來。

「他要跟粗勇雙胞胎較量了！」一個叫做麥可的黑髮男孩大聲喊道。

「這是他第一天來學校ㄟ！」一個站在他旁邊、臉上長了很多粉刺的女孩大聲叫道。

「他瘋了嗎？」一個鼻樑斷掉的男孩結論道。

「我們跟他一起玩籃球吧！」羅依說道。

「我我……太太太……矮了，不不不……會打打打籃籃球！」湯瑪斯結結巴巴。

「你不必長得很高。你可以當那顆球啊！」雷依說道，隨即抓住男孩的衣領把他拎起來，揉成一顆球。

呼嘩　　　然後丟給羅依。

「救命啊！」男孩大喊。「你們一定會受到處罰！」

「哦，我們從來不會被處罰！」羅依說道，同時接住他，再丟回去。

呼嘩

「為什麼？」

被拋飛在空中的湯瑪斯追問道。

「因為我們的爹地粗勇先生是這裡的老師！」

你很難想像情況都已經這麼糟了，但竟然還不是**最糟的**，還有**更糟的**。粗勇雙胞胎不再把男孩當球來拋接，反而把他當成球屁股朝地在地上拍，像在運球一樣。

ㄅㄨㄞ！ㄅㄨㄞ！ㄅㄨㄞ！

這對霸凌兄弟就這樣玩起「男孩球」，他們一路運球和傳球，來到操場盡頭的籃框那裡。湯瑪斯還沒搞清楚怎麼回事，整個人就被拋飛到空中……

……然後落在籃框裡。

框啷！

雖然他的個子比同齡孩子來得小，但對籃框來說還是太大，於是整個人卡在那裡。

「**救命啊！**」他大叫。「**誰快去叫老師來！**」

「**我們會去叫老師來的，你這個廖耙仔！**」羅依怒氣沖沖地說道，沒多久，他們的爸爸出現了。

「噓！」當粗勇先生繞過體育館走出來，圍觀的學生們就開始喝倒彩。學生們都很討厭這位既粗野又會霸凌學生的惡霸老師。他都會在下雨、刮風、和下雪的時候叫他們去越野賽跑。

「你們全都給我閉上嘴巴！」

粗勇老師個頭兒甚至比他那兩個兒子還要高大。這頭**滿身橫肉**的野獸塞在一件亮紅色的田徑服裡，濃密的黑色鬍鬚一路留到曝露在外的肚臍眼那兒。他的眉毛像兩條**毛絨絨**的大毛毛蟲，毛髮則是長得亂七八糟，從你可以

都督老師

想像得到的任何地方冒出來，包括耳朵、鼻子、腳踝、脖子。就連他的手掌都**毛絨絨**的，紅毛猩猩*的手掌也沒像他那樣。

大家來找碴

粗勇先生的手

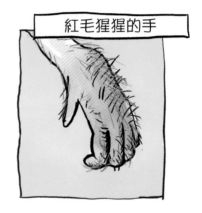

紅毛猩猩的手

　　「這裡發生什麼事了？」粗勇爸爸嘀咕道。他個子很高，可以直接搆到籃框，於是他抓住男孩衣領，把他拔了出來。

　　「粗勇先生，謝謝你！」湯瑪斯大聲說道。

　　如果男孩以為這位老師是來救他的，那他就錯了。

　　「孩子們，你們的球卡在籃框裡了，是嗎？」男子咯咯笑道。

---

* **小威亂爆料**：紅毛猩猩的英文 orang-utan 在拉丁文裡的意思是，「很大很大、毛髮很長很長的類人猿之類的東西」。

「對啊，爹地！」他的兩個兒子冷哼說道。

「那就接住！」他說道，隨即把男孩扔回他的雙胞胎那裡。

呼——咻

「**啊！**」湯瑪斯放聲尖叫。

「看在老天爺的份上，去叫你媽都督老師來吧！」公車上那個女生柯達大喊道。她也衝進了愈來愈多學生聚集的操場裡。

「**我再說最後一次**，都督老師**不是我媽！**」男孩喊道。

「**你是有什麼毛病嗎？**」柯達**氣呼呼**地說道，那雙招風耳都氣到冒煙了。她趁男孩還在被那兩個雙胞胎**扔來丟去**的時候衝出操場。

都督老師

這時有學生企圖幫湯瑪斯擺脫這三頭怪物。

「放開他！」

「這太殘忍了！」

「住手！」

可是大家都不像粗勇那一家人力氣那麼大，所以全被**摔回地上。**

湯瑪斯閉上眼睛。他再也撐不下去了。他沒看見他媽媽正從校舍裡衝過來，後面拖著一整車的書，柯達尾隨其後。

「把我兒子放下來！」

這位矮個子老師大聲吼道。

「我就說吧！」女孩大聲說道。

「沒錯，她是我媽！媽，我很抱歉，但我現在真的需要妳來救我！」

「滾開，四眼田雞！」粗勇先生對著都督老師咆哮。「我們玩得正開心呢！」

這位憂心忡忡的媽媽看著自己的兒子從眼前飛過去。

「好！這是你們自找的！」她大聲說道。她朝女孩轉身。「柯達，請給我奧斯汀！」

「傲慢與偏見嗎？」

「不，請拿全套過來！」

柯達一雙眼睛掃過那長長一整排書籍，直到找到那本大部頭的書。

「珍奧斯汀小姐作品全集！」

她開心地說道。

「奧斯卡王爾德的劇作與詩作！」

「柯達，再給妳一個**金星獎章**！」這位老師說道，

同時抬起那本厚重的書冊。

「謝謝妳，老師！」

都督老師揮舞著那本書，衝向羅依，後者正在把她兒子丟回給他爹地。

框！

她用王爾德狠狠地將羅依當場打飛到空中……

「不！！！！！」

……結果落地前，先掉在一棵很高的樹上，接著一路

撞斷樹枝……

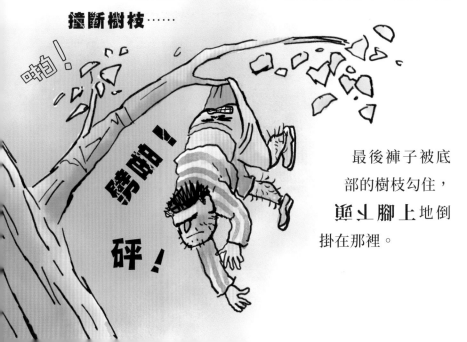

最後褲子被底部的樹枝勾住，**頭下腳上**地倒掛在那裡。

都督老師

「柯達，真是太謝謝妳了，給妳一顆**金星獎章**！」都督老師說道。

「老師，謝謝妳。」

然後這位老師就大步走向雷依，拿起那本書用力一拍……

框！

……力道大到雷依當場飛出籬笆……

呼咻！

「啊！」

……結果倒栽蔥地掉進池塘裡。

嘩啦！

你可以看到雷依那雙**肥碩**的大腳就倒插在水裡，幾隻鴨子正猛啄他的屁股。

操場上的所有學生看到這個校園惡霸終於得到報應，全都**歡聲雷動**。 「**好ㄟ！！！**」

「幹掉了一個，還有兩個。」這位女士嘴裡嘀咕道。「接下來我想就王爾德吧！」

「遵命，老師！」柯達說道，立刻找到那本書，那也是她最喜歡的其中一本。

都督老師

大家都看到羅依露出來的那件亮綠色的綠巨人浩克內褲了。

「啊！！！」

所有學生再一次**歡聲雷動**，大聲叫好。

「**好ㄟ！**」

現在只剩一個姓粗勇的站在那裡了。那就是粗勇先生。

「捲毛狗，諒妳也不敢！」他大聲說道。

「哦，粗勇先生，我當然敢。現在先讓我想想看……狄更斯好了！」

柯達大聲宣布，同時使盡力氣想把那本皮革精裝書抬起來，那是那整一車子的書裡頭**最沉重的一本**。

「**「查爾斯狄更斯小說全集！」**」

「老師，我抬不起來，對不起！」她喊道。「查爾斯狄更斯寫過太多小說了。」

「十五本小說！**不過柯達，我們可以合力搬它！**」都督老師輕快地說道，於是她們抬起那本書，合力衝向粗勇先生。

「**我會把你兒子丟出去哦！**」他威脅道。

「媽，小心點！」湯瑪斯喊道。

「**孩子們！**」她朝操場上的學生們喊道。

「什麼事？」他們喊道。

「準備接住我的湯湯哦！」

「搞什……**?**」湯瑪斯開口道。

但他還沒來得及說完，他媽媽和那位**金星獎章**小幫
手就往體育老師身上衝了過去。

粗勇先生立刻把男孩往空中一拋。

「**不！！！！**」被往上拋的湯瑪斯大聲喊道。

就在這時……

砰碰！

粗勇先生被十五本
狄更斯的小說同時擊中，
整個人立刻彈飛到空中。

「啊啊啊啊啊啊啊啊啊！！！」他放聲尖叫。

他飛在空中，
半途遇到了
正在下降的
湯瑪斯。

　　「老師，算你運氣不好！」男孩說道，隨即降落在好
多好多學生伸出來的手臂上。
　　粗勇感覺得到他拋飛的速度慢了下來，他在空中停留
了一會兒，
就開始……

「*快接住我！*」他朝底下的學生們喊道，但是他們全都跑開，最後他掉在一個大垃圾桶裡。

框嘟！

「那是最適合他的地方！」都督老師評論道，操場上的學生們也都齊聲叫好。「**好ㄟ！**」

湯瑪斯衝進他媽媽的懷裡，她一把將他抱起。

「謝謝妳，我最親愛的媽媽！」他說道。

「哦！」但這位女士有點難過。「我還以為你會因為我而覺得很糗！」

「對不起。我不會。因為妳是全世界**最棒最勇敢**的媽媽。我愛妳！」

都督老師

然後他就在眾人眼前，用力地 啵 了他媽媽一下。

「我也愛你，我最寶貝、最可愛、最貼心的小湯湯！」

「我現在可以瞭解為什麼他要假裝不認識她了。」柯達咕噥道。

噹噹噹噹──噹噹噹噹──

上課的鐘聲響了。

「真是的，上學第一天就這麼忙！」都督老師說道。

「對啊。」她兒子回答。

「好了，湯湯，在經過這麼多緊張刺激的事件之後，你確定你不用先去嗯嗯一下嗎？」

「媽！」男孩喊道，然後兩人隨即大笑出聲。

「哈！哈！哈！」

其他學生也都跟著大笑。

「哈！哈！哈！」

雖然他媽媽就在這所學校教書，但湯瑪斯再也沒被霸凌或嘲笑過。因為現在每個人都知道，都鐸都督老師是

一個不好惹的媽！

蒙提獨霸

　　從前從前有兩個兄弟，**非常害怕**過生日、聖誕節、甚至復活節。奇怪，小孩不是都很喜歡收禮物嗎？

　　不是，這兩位不喜歡。

　　毛毛和捲捲痛恨每年的這些時節。原因很簡單，他們

蒙提獨霸

的爸爸蒙提獨霸雖然會送玩具給兩個孩子，但**從來不給他們玩**。

反而自己獨佔玩具。

一整套賽車場玩具被直接放進蒙提的車庫裡，因為他要自己玩。毛毛和捲捲甚至連看一眼都不行，因為「怕他們用眼睛看壞它」。

一整套火車玩具也是同樣下場。它被鎖起來放在閣樓裡。然後爸爸還把鑰匙藏起來！

有一架遙控戰鬥機可以帶到公園玩，但只有蒙提才可以操控。可是在戰鬥機撞

上公園管理員時，他就會把遙控器遞給他兒子，把責任推給他們。

不過，蒙提最喜歡玩的玩具是**積木磚塊**。**積木磚塊**是一整套的拼裝玩具，它的磚塊是用各種顏色的塑膠製成。蒙提買了好多盒這種玩具給他兩個兒子。

「小傢伙，聖誕快樂！」蒙提會這樣宣布道。

「爸爸，謝謝你！」他們會這樣回答，兩雙小眼睛開心地亮了起來。可是等他們一拆開包裝紙，大聲喊道：「**積木磚塊，太棒了！**」爸爸就立刻從他們手裡搶回去。

「別擔心，小傢伙，爸爸來幫你們拼！」

說完，他就走進房間消失了，在裡面開始拼裝。

多年下來，蒙提已經收集了很多套**積木磚塊**。

獨霸先生對拼積木已經著迷到發狂的地步。

維多利亞女王
積木磚塊

木鞋
積木磚塊

果凍
積木磚塊

鬍子
積木磚塊

沙鼠
積木磚塊

電動踏板車
積木磚塊

仙人掌
積木磚塊

棉花糖
積木磚塊

微波爐
積木磚塊

大便*
積木磚塊

他可以拼上一整天。

卡搭！卡搭！卡搭！

拼上一整夜。

卡搭！卡搭！卡搭！

如果毛毛和捲捲企圖幫忙拼，他就會把他們從他房間裡**轟出去**。

「走開！**積木磚塊**是給大人玩的！不是給小孩玩的！」

小孩都喜歡隨心所欲地拼出他們想像出來的創作，一些既古怪又神奇的東西，但蒙提不是，他會一絲不苟地照著那內容長到不可思議的說明書來拼裝。在他來看，**積木磚塊**就是要按部就班地照說明書來拼。

* **小威亂爆料**：大便**積木磚塊**有三種尺寸：小型、中型、和大象的大便。

有一天下午，蒙提獨霸正從冷凍豌豆工廠下班回家。他的工作是把三百二十七顆豌豆裝成一包，不能多也不能少。這男的每次回家總是繞遠路，這樣他才能經過**積木磚塊**賣場。那天下午，蒙提瞄到一盒超巨大的全新**積木磚塊**玩具組，幾乎佔據了整個櫥窗。那是自**積木磚塊**玩具開始販售以來最大型的一組了。

共有一**百萬塊積木**！

是地球！

沒錯，是**巨大的地球模型**。

蒙提獨霸

蒙提興奮地瞪大眼睛。這是有史以來最精細的一套**積木磚塊**模型。每一塊大陸、每一片海洋、每一座山脈都能呈現出來。上面還有人、動物、和游在海裡的魚。就連蒙提和他們的家都囊括在內。這個模型不比真實的地球小多少，很有可能成為蒙提獨霸的**百萬塊積木傑作！**他一定要擁有它！

於是他等到聖誕節的時候，才向他那兩個兒子宣布：「今年我已經幫你們兩兄弟合買了一份禮物。」

「是**積木磚塊**嗎？」毛毛問道，他早就知道答案是什麼。

「你等著看吧！」

「但就是**積木磚塊**，對吧？」毛毛翻著白眼追問道。

「唉唷，別掃興嘛！不過親愛的，你們猜對了！」他大聲說道。**「把禮物拿進來！」**

男孩們的媽媽瑪麗亞獨霸早就受夠了她丈夫對**積木磚塊**的癡迷，因此根本懶得再多費什麼脣舌。她不發一語地把一個絕對是你所見過最大體積的禮物推進客廳，盒子的大小就相當於一輛雙層巴士。她費盡力氣才把它從門裡推進去。

家裡那隻也叫積木的貓趕緊跳開⋯⋯

「喵！！！」

⋯⋯結果盒子撞上**積木磚**聖誕樹。

砰！

這棵塑膠磚拼裝成的樹應聲倒塌，砸在她老
公的頭上。

碰！

摔成碎片。

「噢哦！小心點！」

他大叫，但他的兩個兒子都咯咯笑了起來。

蒙提獨霸

「哈！哈！哈！」

那一瞬間，瑪麗亞的臉上出現賊笑。她八成是故意撞倒那棵聖誕樹。

調皮的媽咪！男孩們心想道。

「聖誕快樂！」爸爸大聲說道。「數到三就可以拆禮物了！三、二……」

「爸，你為什麼不乾脆自己拆算了？」毛毛問道。

「不必走流程了。」捲捲也補了一句。

「毛毛、捲捲，我完全不懂你們在說什麼。這是你們的聖誕節禮物ㄟ！我希望你們兩個都喜歡它！一！好，拆禮物！」

兩個男孩搖搖頭，心不甘情不願地走過去，拆掉外面的包裝紙。

ㄘㄨㄚ！ㄘㄨㄚ！ㄘㄨㄚ！

盒子終於隆重現身。

「地球積木？」毛毛脫口而出，他不敢相信他在盒子上讀到的字。

「有一百萬塊！」毛毛補充道。「這太瘋狂了！」

「好了，我想你們應該已經享受夠你們的聖誕禮物了。親愛的，請把這盒子搬到我們在樓上的房間吧！」

媽媽不可置信地搖搖頭，隨即把盒子推出客廳，半途還碾到她老公的腳。

「噢哦！」他大叫。

她臉上再次出現賊笑。

就在這時，毛毛對捲捲咬耳朵。

「你們在幹嘛？」爸爸問道。

「沒幹嘛！」男孩齊聲回答。

「你們兩個想搞什麼鬼？」

「才沒有呢！」毛毛回答。

「爸爸，好好享受我們最新的禮物吧。」捲捲補充道。

「嗯，我會的！大家都聖誕快樂哦！」

那個聖誕節早上，蒙提立刻展開拼裝。他禁止任何人進入他的臥房，門上放了一塊用積木磚塊拼起來的牌子，上頭寫著：

嚴格禁止進入！小孩禁入！

　　蒙提把成千上百本的說明書和成千上萬個裝著**積木**的袋子小心翼翼攤在地板上。這工程需要像軍事作業那般精準，即便這裡成軍的只有一個人。不過那兩個小孩一聽到爸爸出來尿尿的聲響，就偷偷爬向他的房門。他們曾經計時過爸爸的尿尿時間，很清楚他會花**剛剛好**二十七秒撒一泡尿。毛毛就趁爸爸在廁所的時候，肚皮貼著地面，滑了進去，捲捲則盯著碼錶看，從二十七開始倒數，這樣他的兄弟才能及時溜出房間。「**二十七、二十六、二十五、二十四……**」他低聲數道。

　　男孩們的計畫很簡單。毛毛需要找到地球積木套組裡最小的一塊**積木**。

「二十三、二十二、二十一、二十、十九……」

這必須是一塊他們爸爸要過很長一段時間才會發現它不見的積木。

「十八、十七、十六、十五……」

也必須是一塊拼到最後才需要用到的積木。

「十四、十三、十二、十一……」

這樣他們才能給爸爸一個教訓。

「十、九、八、七……」

賓果！毛毛找到了！就是那一小塊以蒙提為主角的積木塊。

「六、五、四……」

毛毛正要從爸爸房間裡滑出來，腳還不小心碰到其中一座積木模型。

「三、二、一！」捲捲嘶聲說道。

蒙提獨霸

就在這時，爸爸尿尿完回來。他注意到那尊真人大小的維多利亞女王模型積木搖晃了一下。他一臉狐疑地查看房間四周，但除了他以外，沒有其他人在房裡。他聳聳肩，又回去拼裝他的地球。

卡搭！卡搭！卡搭！

他日以繼夜一塊接一塊地拼裝。

卡搭！卡搭！卡搭！

模型愈拼愈大，蒙提只好打掉屋子裡的一面牆來容納這個巨大的模型。

轟隆隆！

這段期間，他太太從頭到尾旁觀，對他的瘋狂之舉搖頭以對。而兩個孩子也始終沒讓爸爸知道他們的祕密。

「嘿，毛毛，你還藏著那東西嗎？」躺在下鋪的捲捲問道。

「噓！有啦！」躺在上鋪的毛毛回答。

「就在我這裡！」他把手打開，把那個寶貝秀給他兄弟看。就是他偷走的那一小塊**爸爸積木塊**。

現在他們要做的只剩下等待。

日子一天一天過去，一個禮拜又一個禮拜過去。然後是一個月又一個月過去，整棟屋子如今都被巨大的地球模型佔據。蒙提為了容納他的傑作，不只拆了牆，連地板也拆了。南極現在就在屋子底部的地窖裡，北極在頂端，從屋頂上面突了出去。已經拼裝到最後階段的蒙提如今站在一道很高的梯子上。

卡搭！卡搭！卡搭！

只要再拼裝幾塊**積木磚**，地球模型就完成了。

卡搭！卡搭！卡搭！

他是從聖誕節當天拼裝到下一個聖誕節。

整整花了一年時間。

兩個男孩一想到即將要發生的事，就樂不可支。

卡搭！卡搭⋯⋯

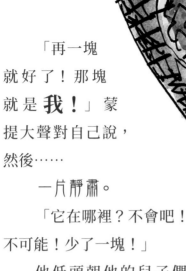

「再一塊
就好了！那塊
就是**我**！」蒙
提大聲對自己說，
然後……

一片靜肅。

「它在哪裡？不會吧！
不可能！少了一塊！」

他低頭朝他的兒子們喊道，
「你們有在哪裡看到一塊**積木**嗎？」

「沒有！」他們異口同聲地說道。
毛毛那隻出汗的小手仍緊握著那一小塊
積木。

蒙提一聲令下，全家人開始搜索那
塊「遺失」的**積木**。

「**地毯底下找一找！**」爸爸從
很高的梯子上面喊道。

他們聽命檢查地毯底下。

「**書架最上層！**」

他們找了書架的最上層。

「檢查一下那隻貓！」

他們抱起那隻叫做積木的貓，把牠搖了搖。

「喵！！」

當然從牠那裡也搖不出任何東西。

沒多久，可憐的媽媽就累到不行了。毛毛和捲捲開始覺得愧疚，都是他們害她被派去做這種白費力氣的工作。

「噗嘶……媽！」毛毛低聲說道。「噓！妳不要告訴爸爸哦，妳看……」

男孩打開手心，露出那一小塊**蒙提積木塊**。

瑪麗亞立刻咧開嘴笑，顯然很得意是這兩個兒子在作弄那煩人的爸爸。

「你們在下面玩什麼把戲啊？」蒙提質問道。

「沒有啊！」兩個男孩撒謊道。

爸爸不相信，他從梯子上滑下來。

呼呼！

「你們兩個小孩一定知道最後一塊在哪裡！」他一下到地面，就指控他們。

轟隆！

……甚至把房子都碾平了。

隆隆！

沒多久，獨霸一家人就發現他們正沿著陡峭的山坡加速往下跑。**積木地球**愈滾愈快、愈滾愈快，發出喀噠喀噠的聲響。

喀噠！嘎噠！喀噠！

過了不久，地球模型就像所有積木模型一樣開始瓦解。五顏六色的**積木磚塊**像雨滴一樣灑落地面。

喀啦！喀啦！喀啦！

「不！！！！」蒙提放聲尖叫。

「快跳！」毛毛喊道。兩個孩子仍緊緊抓著媽媽的手，他們看準機會縱身一躍，跳進樹籬裡。

颼颼！

颼颼！

颼颼！

蒙提仍沿著山坡加速往下跑，**積木磚**開始這裡掉一塊、那裡掉兩塊地慢慢鬆脫。

框啷！框啷！框啷！

最後**積木磚**地球表面出現了一個大洞，蒙提跌了進去。

呼嘛——

「啊！！！」

爸爸現在掉進了地球模型裡面，像賓果遊戲滾輪裡的球一樣在裡面滾來滾去。

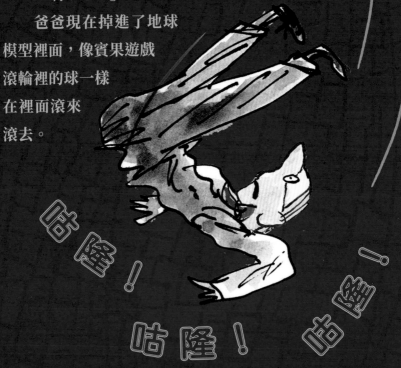

咕隆！咕隆！咕隆！

蒙提獨霸

積木地球接著撞上一輛正沿著路面慢慢往上爬的小車子。

ㄅㄤˋ！

「你那顆地球可不可以小心一下自己要滾的方向啊！」車裡的一個男子喊道，他是書報攤的老板，叫做拉吉。

地球模型從小車上方彈了出去，飛在空中⋯⋯

⋯⋯接著瓦解成千上萬塊。

垮啦！啪啦！轟啦！

「啊！！！」蒙提朝地面墜落，放聲大叫。

碰！

爸爸重重跌在地面⋯⋯

……積木磚像雪崩一樣全灑落在他身上……

喀啦！　喀啦！　喀啦！

……當場將他活埋。

他的家人朝他跑來。

「爸爸！」兩個男孩喊道。

蒙提獨霸

沒有回應。

這時媽媽把一根手指插進耳朵，發出像喇叭一樣的怪異聲響。兩個兒子驚訝地看著她從肚子深處嘔出東西。

「哈！吼！嘔！」

終於那一小塊被她吞進去的**積木塊**從她嘴裡噴了出來……

噗！

……掉在她的手掌心裡。

叮！

然後她拿起那一小塊她丈夫的**積木塊**，扔在那堆像小山一樣高、把她的丈夫活埋的**積木**上。

「再多一小塊也沒差啦！」她說道。

毛毛和捲捲放聲大笑。

「哈！哈！」

「爸爸沒事的！他會自己挖路出來，所以我們回家好嗎？」她問道，同時牽起兩個孩子的手。

「媽？」毛毛說道。

「怎麼了？」

「我不覺得我們的家還在ㄟ。」

「房子都已經撞碎了。」

「你說得沒錯，是撞碎了。」

這三人想了一下。

「我知道了！」毛毛大聲說道，「我們可以蓋一棟新的！」

「用積木磚塊來蓋！」捲捲補加一句。

「太完美了！」媽媽同意道。

這時的他們並沒有看到，在他們身後，那堆得像小山一樣高的塑膠磚裡伸出一隻手來。爸爸還活著！

毛毛和捲捲立刻展開工作。為了蓋出一棟全新的房子，他們用了所有能夠找到的積木磚。兩個男孩工作得很開心，完全沒有照任何一本無聊的說明書來做，反而隨心所欲地自由發揮。

所以如果你有一天經過一棟充滿五顏六色、都是用積木磚蓋起來的城堡，很有可能那就是獨霸家的房子。媽媽、毛毛、捲捲、和那隻叫積木的貓咪就住在那棟看起來很蠢的新房子裡，生活開心得不得了。

你甚至可能在花園裡瞄到一間用塑膠磚蓋起來的迷你小屋。要是你很好奇，那我可以告訴你，蒙提獨霸現在就住在裡面。這個討人厭的爸爸如今只准玩兩塊積木。

卡搭！

卡搭！

哈麗葉旋風

　　當哈麗葉在附近的時候，你一定要小心。這位手長腳長的女士總是把腳踏車騎得飛快。這位六個女兒的媽身穿奶油色的絲綢上衣、飄逸的花色長裙，頭上戴著一頂插了一根羽毛的毛氈帽。每天早上，哈麗葉會把六

哈麗葉旋風

個女兒全堆在她的老式淑女車上，飛車送到學校。哈麗葉雖然**儀表得體**，但其實是個**超速魔人**。再加上從哈麗葉一家人住的鄉間別墅到學校的這條路上是一條下坡路。因此她的腳踏車在載重六個小孩的情況下，就能以令人難以想像的高速飛快馳騁。

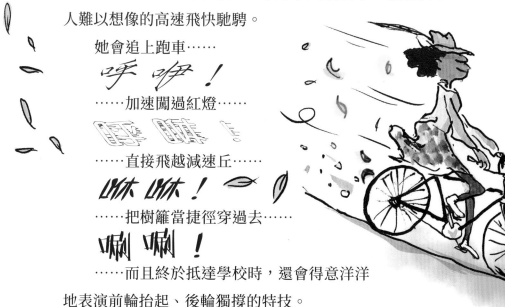

她會追上跑車……

呼 咿！

……加速闖過紅燈……

……直接飛越減速丘……

咻咻 咻咻！

……把樹籬當捷徑穿過去……

唰 唰 ！

……而且終於抵達學校時，還會得意洋洋地表演前輪抬起、後輪獨撐的特技。

呼呼 咿！

要想理解她對速度為何如此著迷，就得追溯到哈麗葉還是**小貝比**的時候。她出生時，就從她媽媽的肚子裡飆速衝出來。速度快到連助產士都來不及接住。這位可憐的

亂糟糟
糟糕壞父母

女士活像守門員一樣企圖接住明星射手踢出來的一顆速度奇快的足球。

大家來找碴

小貝比哈麗葉從助產士的頭上飛了出去⋯⋯

嗶 嗶！

⋯⋯甚至飛出窗戶⋯⋯

咻！

⋯⋯好險剛好落在一臺閒置在醫院外面的嬰兒車上。

噗咚！

小貝比哈麗葉的落地力道大到使得這臺嬰兒車頓時彈射出去。

呼呼咿！

於是這個才出生沒幾秒鐘的小貝比就這樣飆速駛離醫院。孩子的母親只能從產房的窗戶大聲喊叫⋯⋯

「攔住那個小貝比！」

……這個新生的小貝比在嬰兒車裡
坐了起來，被飛快的速度逗得開心地咕咕叫。

「咕！咕！咯！咯！」

嬰兒車沿著路面一路奔馳。

喀噠！嘎噠！喀噠！

穿梭在迎面而來的多輛救護車之間。

咿——喔！咿——喔！

而且八成有人報了警，因為沒多
久就有三名**警察**騎著摩托車追在小貝比
哈麗葉的後面。

其中一個**警察**對著小貝比大聲
喊：**「停下來，小貝比！不然我就逮捕妳！」**

小貝比哈麗葉完全不理會。她沒有停下來，反而在嬰
兒車裡更用力地上下彈跳她的屁股。

蹦！蹦！蹦！

但是大禍就要臨頭。嬰兒車正以飛快的速度直
接衝向一條河，而小貝比還在更用力地上下
彈跳屁股。　**蹦！　蹦！　蹦！**

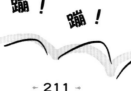

嬰兒車高速撞擊河岸，整臺車直接飛了出去，越過河面，在對岸落地。

咚砰！

三個警察就沒那麼幸運了。儘管他們有加速引擎⋯⋯

吼吼吼！

⋯⋯但速度還是不夠快，摩托車直接墜入河裡。

嘩啦！

現在已經沒有什麼可以攔阻小貝比哈麗葉了。正前方，有更多**警察**用**警車**設下路障，打算攔下逃跑的小貝比，讓她無路可逃。但，真的無路可逃嗎？

當小貝比哈麗葉看到好多輛**警車**在前方不遠處停成一排時，她竟咧開嘴笑，不停上下彈跳她的屁股⋯⋯

蹦蹦！　　跳跳！　　蹦蹦！

⋯⋯讓嬰兒車車輪的轉速愈來愈快，直到只看得見模糊的輪影。

呼呼咿！

當**警察**發現逃跑的小貝比沒有打算停下來的時候，臉色都極為驚恐。

他們緊張地閉上眼睛，這時小貝比順勢往後一仰，嬰兒車的前輪應聲翹起，這根本就是嬰兒車獨輪特技！或者簡稱嬰輪特技*！

接者慘劇發生。嬰兒車的後輪撞上一輛**警車**的引擎蓋。

ㄅㄤˋ！

嬰兒車瞬間空中翻滾，當場表演起翻車特技。

小貝比哈麗葉一點都不害怕。事實上，她簡直**樂不可支**。這個才出生五分鐘的小貝比頭下腳上地從**警察**頭上飛了出去，開心地咕咕大叫。

「呼呼哈哈！」

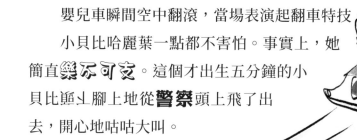

* 要知道完整的定義，請查看威廉大辭典。內含十億個自創字供你瀏覽。

　　結果奇蹟發生了，嬰兒車居然在**警車**路障的另一頭安全著地。

咚砰！

它現在的速度前所未有地快。

嘩 嘩 嘩！

　　正前方是 F1 賽車場。嬰兒車竟然快速穿過入口……

呼咿咿！

……繞開所有障礙……

*咿*ーーーーーー

……闖進賽道。

　　小貝比哈麗葉穿梭在一堆賽車當中，切車到最內圈，以你從未見過的速度飛馳。

嘩 嘩 嘩！

終點線就在眼前。

小貝比更用力地上下彈跳屁股……

蹦！蹦！蹦！

……這時終點旗開始揮舞……

呼咿——

……嬰兒車裡的小貝比搶先奪冠！

群眾歡聲雷動！

「好ㄟ！！」

一群憤怒的 F1 賽車手只能站在
旁邊看著一個新生的小貝比舉
起獎杯，打開香檳，
噴在他們身上。

啵嘶嘶！

這光榮的一刻成了全
世界的頭條新聞：

小貝比
贏得第一！

有史以來最年輕的
F1 贏家！
才出生十分鐘！

小貝比被判
終身禁賽

四十年後，這個小貝比長大成人，成了六個孩子的媽。她用知名的 **F1 男性賽車手**的名字來為孩子們命名，哪怕她們全是女孩。

哈麗葉看電視只看 **F1 賽車**，這令她那位老愛穿著開襟羊毛衫、已經老邁的丈夫很不開心，而她都叫他「烏龜」。

哈麗葉會看賽車節目看到很晚，要是她喜歡的賽車手開得不夠快，她就會大聲叫罵。

「**拜託！我的老天鵝，你這傢伙有夠慢！**」

「**用你那隻肥腳踩下去！**」

「我騎腳踏車都比你快了，你這個小丑！」

哈麗葉旋風

她的叫罵聲時常吵醒全家人。

倒也不是說她的六個女兒對 **速度** 這種事一點興趣也沒有，只是她們都很討厭媽媽送她們上學時，騎車騎得飛快。這幾個女孩不得不在她的腳踏車上像 **馬戲團表演** 似地死命保持平衡，她甚至將她的腳踏車取名為 *閃電*。

儘管她們哀求她慢一點……

「不！」

「救命啊！」

「太快了！」

「媽！！！」

「老天啊，慢一點啦！」

「啊！！！」

……但媽媽還是把腳踏板踩得愈來愈用力。

呼呼咿！ 呼呼咿！ 呼呼咿！

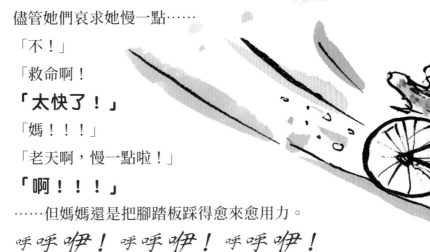

當哈麗葉踩到極速時，她就會大喊：**「快一點！再快一點！衝衝衝！」**

她把送孩子上下學這件事當成賽車，無論如何都得贏的賽車。要是哈麗葉沒有騎贏其他媽媽和爸爸，她就會一整天都 *極度沮喪*。這意謂著第二天早上她會更用力地踩

著腳踏板，因此上下學這件苦差事對女孩們來說就會變得

更可怕。六個女孩只能一路死命巴住 閃電。

　　亞倫坐在前面的柳條編菜籃裡……

　　詹姆士坐在前輪擋板上……

　　艾爾頓坐在手把上……

　　路易斯坐在後輪擋板上…

　　尼基坐在坐墊的後面……

　　小傑奇則巴住尼基的

肩膀……

　　女孩們每天都覺得這會是她們

哈麗葉旋風

在這世上的最後一天，

於是有天早上，就在 *閃電* 僥倖閃過一臺消防車才終於抵達學校時，她們終於受夠了。

她們必須對媽媽**採取行動**。

每個女孩都有自己的主意。

亞倫年紀最大，所以率先發言。「我們應該把 *閃電* 埋在玫瑰花園裡！」她大聲說道。

但是她的妹妹們都認為媽媽一定很快就找到它，最後她們到學校的時候屁股還會沾上泥巴。

詹姆士是老二，她覺得自己的主

意不錯，她提議：「我們為什麼不把媽媽的鞋帶綁在一起，她就沒辦法騎那麼快了。」

女孩們立刻聯想到腳踏車一定會翻倒在地，她們也一定會在地上跌成一團。這可不好玩，**一點都不好玩。**

艾爾頓是老三，她想到的點子是「把 的其中一個輪胎或乾脆兩個輪胎都戳破，這樣媽媽的騎車速度就會慢下來！」

可是哈麗葉已經把她的女兒們訓練成自己的專屬後勤部隊，就像 **F1 賽車手**擁有的那種後勤部隊一樣。所以到時一定會下令女孩們要在三秒內更換好 閃電 的輪胎。而且媽媽還會在這六個幫手作業時，拿碼錶計時。

路易斯提議，「如果我們把零用錢都省下來，買一匹馬給媽媽，她就可以改成騎馬載我們去上學了。」

哈麗葉旋風

這是目前為止被大家認為**最糟糕**的點子。她們相信媽媽騎起馬來一定會像**英國越野障礙賽馬**裡的騎師一樣。而一匹賽馬絕對比一輛腳踏車**還要危險**。當然還有一點就是，腳踏車不會**咬**人家的屁股，但有些馬據說會。*

尼基則建議她們「半夜偷偷溜下床，拿膠水把整條路都塗上膠水，這樣閃電的速度就會慢下來」。但這個提議根本沒人搭理。

現在所有眼睛都落在傑奇身上。「我知道了！」年紀最小的妹妹開口道。「我要去當警察，這樣我就可以**逮捕**超速的媽媽！」

這個點子迎來了哄堂大笑。

「哈！哈！哈！」

「呵！呵！呵！」

「嘻！嘻！嘻！」

旋風家的女孩們從沒聽過這麼荒謬的事。

「**妳們聽我說！**」小傑奇大聲喊道，音量蓋過她們的笑聲。

「我可以放學後直接去**警察局**，要求當警察。」

---

* **小威亂爆料**：說到馬咬人屁股的這件事，曾經創下世界記錄的犯案者是嗜嗜，牠是一匹雪特蘭小型馬，曾經在一九八一年的一場夏季展覽會上咬傷過三百四十七個人的屁股。我的屁股到現在都還留有牠的咬痕可以證明。

「小傑奇，妳不能當**警察**啦！」亞倫嘲笑她。「妳年紀太小！妳要等到長大才能當！」

亞倫因為年紀最大，所以總認為自己是老大。其他四個女孩也有樣學樣地插嘴打斷。

「這點子真蠢！」

「說得好像真的一樣！」

「傑奇只是個小貝比！」

「她的個子根本只到我的膝蓋而已！」

「妳們安靜，聽我說！」小傑奇大聲喊道，她是這六個女孩中最據理力爭的一個。她的姐姐們都安靜下來。「如果我們大家疊羅漢疊起來，然後把我扛在最上面，我就可以像大人一樣通過考驗了！」

這個提議令其他女孩愣了好一會兒。

「可是**警察**會知道是六個小孩疊起來的啊。」詹姆士推論道。

其他女孩都咕噥附和。

嗯嗯！

嗯嗯！

嗯嗯！

哈麗葉旋風

「**這我早就想過了！**」小傑奇大聲說道。「我們可以借媽媽那條超長的睡袍來穿啊。妳們看，我還有**這個！**」

女孩拿出她從聖誕節襪子裡收到的玩具店假鬍子。她順順自己的頭髮，然後戴上鬍子。

突然間，小傑奇的計畫看起來就沒那麼蠢了。

於是她們開始行動。

只不過大家都在吵著要在疊羅漢的最底下。

沒有人想被壓在最底下。小傑否決定負起責任，

說服亞（侖，她說：「最底下那個人是**最重要**

的角色，因為妳要操作腿的部分。」

她的說法奏效了。

於是姐妹們按年齡垂直疊羅漢上去。

她們一個又一個攀上彼此的肩膀，就像

馬戲團裡的雜技家族一樣。

最底層的亞（侖很開心自己可以

獨自操縱兩條腿要走的方向。

畢竟那兩條腿腿是她的。

然後詹姆士坐在亞（侖的肩

膀上，芝爾頓再接著坐在詹姆

士的肩膀上。

於是，在一個起風的早
晨，六個姐妹趁爸爸媽媽
還沒醒來之前，一路搖搖
晃晃地步出她們的鄉間別墅，

然，剛剛好，它的下襬就
在亞倫的膝上一點點。

媽媽的粉紫紅色晨袍
的長度對對造計謀來說竟

上面。

最後小傑奇被扛在最

的肩膀上。

再上去則是尼基坐在
吕另甚尔跟著坐在吕另甚尔
的肩膀上。

吕另甚尔跟著坐在艾爾頓

朝當地**警局**走去。

在路上走的時候，路人紛紛對**小傑奇**的模樣投以異樣眼光，畢竟她**高得離譜**，卻有一張娃娃臉，臉上還黏著玩具店的假鬍子，更別提身上那件又長又**粉紅**、還有**很多花邊**的晨袍了。但她故作一付居高臨下、看不起路人的模樣，倒也頗有時尚風格。

最後這一疊女孩終於走到當地的**警局**。那天早上站在櫃臺後面值班的是一個長相看起來尤其嚴厲的**警察**，她是老古板警員。

廚藝大賽

哈麗葉旋風

老古板一看到眼前的景象，那雙豆子眼差點掉出來。

「**有什麼事嗎？**」老古板問道。

女孩們被對方的屬聲質問嚇到，差點失去平衡。

搖搖！　　　搖搖！

晃晃！

「呃⋯⋯嗯⋯⋯哈囉⋯⋯」**小傑奇**開口道，她的玩具店鬍子因為她臉上的汗珠有點鬆脫。

「**你喝醉了嗎？**」老古板質問道。

「**沒有！**」女孩回答，還故意裝出很有**男子氣概**的聲音。「我剛剛才喝了一杯鳳梨汁。」

「喝醉酒的人都是這樣說的！你是來這裡報案的嗎？」

「不是！這個城裡的車子超速問題很嚴重，所以我來報名當**警察**。」

老古板搖搖頭。「你看起來太年輕，不能當警察！」

「我早就跟妳說過了！」最底下的**亞倫**嘶聲說道。

小傑奇發出很小的噓聲，要她姐姐安靜。

「噢嗚！」

「那是什麼聲音？」老古板質問道。

「只是**放個屁**！女孩回答，而且企圖用比之前更**低沉**的聲音來回答。

「聽起來不像**放屁**，比較像是痛到在叫！」

「這是一個**很大**的屁，所以有點痛！」她撒謊道。「我的屁股有時候會這樣亂叫，**就是這樣！**」

老古板翻起白眼。「好吧，如果你想當**警察**，把這張資料填了。」

她從桌面上遞來一張紙。從晨袍袖子裡伸出來的那兩隻手其實是**艾爾頓**的手。但因為**艾爾頓**的臉藏在晨袍裡面，根本看不到紙在哪裡。於是當她伸出手想抓時。卻怎麼也抓不到。

不只第一次沒抓到。
第二次也沒抓到。
第三次一樣沒抓到。

最後誤打誤撞地抓到老古板的手之後，**艾爾頓**才終於拿到那張紙，但卻被她捏成一團。

哈麗葉旋風

「你**喝醉了！**」老古板再度指控。

「沒有，沒有，只是手腳有點不靈活。」小傑奇撒謊道。

「手腳不靈活不適合當**警察**。你可能會掉了警棍！到時我們怎麼辦？會**天下大亂！**」

「請再給我一張，好嗎？」小傑奇請求道。「而且這一次請把它直接放進我手裡，我會非常感激的。」

老古板就像一般大人經常有的反應，故意嘆了一大口氣，然後才照著女孩的話做。「**唉！！**」

「太謝謝妳了！」小傑奇回答道，然後轉身要走，

「**別急著走！**」老古板厲聲喊道。

完了！女孩心想，又怎麼了？「什麼事？」

「你為什麼這麼想當**警察**？」

「是我媽媽啦！」

「你媽怎麼了？」老古板問道。

「她**超速**！」

「她現在有超速嗎？速度多快？」

「只要她一超速，就可以衝破音速。

亂糟糟
糟糕壞父母

「那速度**很快**囉。」

「我就跟妳說**很快**啊。」

「我知道，只是我沒想到有**這麼快**。

「妳應該要仔細聽的，我就說**很快**啊。」

老古板又嘆口氣。「**唉！**好啦，祝你申請順

利，呃，先生，該怎麼稱呼你呢？」

「**小傑奇！**」女孩回答，她的假鬍子跟

著掉落。「我意思是……」

「祝你好運，傑奇小不點先生！」

「再見！」小傑奇咕嚕說道。但就在出來的

路上，這一疊女孩撞翻了架子，上面的傳單散落

得到處都是……

啪啦拉 ！

……還被一隻**警犬**絆到……

「**汪！**」

……又撞倒一個**警察**和被他銬住的搶犯。

「**噢嗚！**」

老古板一臉不可置信地搖著頭。

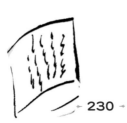

哈麗葉旋風

　　這計畫還真是趕不上變化。不過**小傑奇**還是填好了**警局**表格，將它寄出去。結果令她和她姐姐們超驚訝的是，就在第二天，**小傑奇**竟然收到老古板寫來的一封正式信函。

親愛的傑奇小不點先生，

　　謝謝你前來警局申請。我有好消息告訴你。你已經獲准加入警察的行伍。恭喜你。你明天的第一件事就是先從交通法規開始。請在黎明時到警局找我報到。

老古板警員（有豆子眼的那個）
　　敬禮

亂糟糟

米曹米羔壤父母

　　第二天早上，這一疊女孩興奮地一路**搖搖晃晃**走到**警局**。就在太陽剛升起時，她們見到了老古板，她立刻開始解說測速槍的使用方法。**警察**會用這種裝置來對準那些他們認為**超速**的車輛。

　　「所以只要對準腳踏車就好囉？」女孩問道。

　　老古板嘴裡的茶水噴了出來。

噗！

　　「腳踏車？」她大聲問道。

　　「是啊，我媽騎腳踏車都**超速！**」

　　「我們通常只用在汽車和摩托車之類的交通工具上，從來不曾因為超速攔下腳踏車。」

　　「相信我，我就說她速度很快。」

　　「你說過了。」老古板承認道。

　　「我媽可以把腳踏板踩到速度比任何汽車或摩托車都快！」

　　「呃，那麼我們晚一點來設一個**測速的埋伏點**好了。」

　　她們確實這麼做了，一致決定最好的時間點是等到媽

哈麗葉旋風

媽那天下午回學校要接小孩的時候。

於是這幾個姐妹提早從學校裡偷偷摸摸地出來，再疊羅漢，穿上**警察**制服。她們有一頂帽子，但是對小**傑奇**的小小頭顱來說太大了。這件制服超長，是老古板警員貼心提供的。這位**警察**在學校門口跟新來的成員**傑奇小不點**警員碰面。這時放學的鈴聲響起……

鈴鈴鈴！！

……她們躲在灌木叢裡，老古板遞給小**傑奇**……嗯，應該說是**艾爾頓**……那把測速槍，結果當場掉在地上。

框啷！

這一疊女孩和老古板都同時想撿起來，結果頭撞在一起。

丂ㄨㄥ！

最後她們終於在藏身處就定位。沒多久，就看到遠處的媽媽正一路騎著 *閃電* 飛馳而來。

剛開始，她和她的腳踏車只是地平線上一個模糊的小黑點。然後那個模糊的小黑點隨著她加速馳騁，**愈來愈近**，而變得**愈來愈大**。

哈麗葉旋風女士果然不會讓人失望。

把腳踏板踩得無比用力的媽咪突然連同腳踏車一起飛越一臺跑車的車頂……

咻！

……然後像特技表演一樣再躍過一臺摩托車……

呼咻！

……接著撞穿一家蔬果攤，蔬果灑得到處都是。

啪啦！乒哩！乒喱！

「嘿，搞什麼！」

咧嘴露出笑臉的媽媽這時來個最後的衝刺。她猛力踩踏著 *閃電*，活像正在奧運金牌戰競速。

「**快一點！再快一點！衝衝衝！**」她放聲大喊。

哈麗葉旋風

這時藏在灌木叢裡的老古板大聲喊道：「**就是現在！**」
艾爾頓立刻按下**測速槍**的按鈕。

喀！

但是媽媽的速度快過**測速槍**的極限，**測速槍**
竟然爆炸了。

爆炸的巨響聲嚇到每一個人，尤其是媽媽。**閃電**前
輪當場撞上一位老太太的電動代步車後輪。

哈麗葉旋風瞬間在空中翻滾，臉上帶著驚恐的表情。
哦，她真希望有辦法讓自己停下來。

「**救命啊！**」她大叫，這時**閃電**墜落在馬路
上，摔成碎片。

乒！嘣！鏘！

這時，媽媽掉落在一棵很高的樹木頂端。

唰！

樹木被她的重量壓得搖來晃去，就在它盪回來的時候，竟又把她甩到空中。

呼嘯！

哈麗葉旋風瞬間飛進學校，她不知道要如何停止。

「慢一點，慢一點！慢慢慢！」

媽媽就像顆彈珠一樣，

而學校就像一座

巨大的彈珠臺。

哈麗葉旋風

　　她的女兒們全都從那件很長的**警察**制服的紐釦之間的空隙裡窺看，束手無策地看著媽媽倒栽蔥地跌進攀爬架……

空隆！

……再彈向鐘塔……

框嘟！

……撞上足球門柱……

ㄅㄨㄞ 一ㄠ！

……再直接打到盪鞦韆。

《一 《ㄨㄞ！

盪鞦韆又立刻把她甩進科學館的窗戶裡……

乓哩！

……然後又從科學館的另一頭飛出來。

乓嘟！

接著這位女士在遊樂場的旋轉臺上轉了幾圈……

呼咿咿！

……才飛向溜滑梯……

偓啊啊——

……然後高速滑了下來……

咻咻咻咻咻咻咻咻咻！

……最後踮ㄐㄩ腳上地插進沙坑裡。

啪搭！

哈麗葉被半埋在沙堆裡，兩條腿在半空中不停踢打。

「**救命啊！**」她喊道。

「**媽媽！**」女孩們都嚇得大叫。

「有件事我得告訴妳，」**小傑奇**開口道，同時轉向老古板警員。「我其實沒有這麼高。」

「**完全沒發現！**」這位**警察**撒謊道，同時朝她眨眨眼，表示會意。**小傑奇**回以笑容，然後女孩們一個接一個地從彼此的肩膀上跳下來，跑進學校操場要救她們的媽媽。

「我卡住了！」媽媽叫喊道。

哈麗葉旋風

姐妹們抓住彼此，形成一個隊伍，想把媽媽從沙坑裡拉出來。亞倫兩手緊抓住她媽媽的腳，詹姆士、艾爾頓、路易斯、尼基，以及排在最後的小傑奇則緊緊抓住彼此。

「用力拉！」亞倫下令道。她們全都用力拉。但是媽媽動也不動。老古板衝了過來，加入她們的行列。

「**用力拉！**」這位**警察**下令道。

於是就像拔瓶口裡的瓶塞一樣，媽媽終於從沙坑裡被拔出來。

噗唉！

大家全都累得癱在地上，跌成一團。

碰！

校門這時砰地一聲打開，女學生們蜂擁而出。

學校裡一個個子最大、叫做圖莉莎轟雷的女孩一看到有一堆人躺在地上擠成一團，立刻大喊……

「疊疊樂！」

圖莉莎跑過去，撲在她們的上面。

「嗚呼！」

孩子們從教室裡魚貫出來，也都加入這個遊戲。

「嗚呼呼！」

「嗚呼呼呼！」

「嗚呼呼呼呼呼！」

哈麗葉旋風

「**救命啊！**」被壓在最底下的媽媽放聲大喊。

「**所有人立刻給我下來！**」被壓扁的老古板吼道。「不然我就叫校長給你們更多數學作業寫！」

這一招有效。這些小孩爬下來的速度就跟撲上去的速度一樣快。

「**現在是反向疊羅漢！**」幾乎被壓在最底層的圖莉莎轟雷喊道。

過了一會兒，這一家人才站在操場上清掉身上各處的沙子，包括耳朵、鼻孔、頭髮、襪子、鞋子。

「媽，妳保證以後 **絕對不會再超速** 嗎？」小傑奇問道。

哈麗葉旋風看起來非常不高興，但只能勉強同意：

「不會了！」她嘆口氣。

「妳要說我保證。」亞倫催促道。

「我保證！」

媽媽照著她的話說。

　　這時老古板的豆子眼注意到一件事，立刻大聲說道：「這位女士，妳在背後交叉手指哦！」

　　「**媽！！！**」女孩們都大喊。

　　「好啦，好啦！」媽媽斬釘截鐵地回答，同時甩掉她燈籠褲上最後幾粒沙子。

　　「**我保證！**反正 閃電 都已經摔成碎片了！」她補充道。

　　「那麼我的任務就大功告成了。」警員說道。

　　「我們真是太感謝妳了。」小傑奇說道。

　　「傑奇小不點先生，妳一定會成為一個超厲害的**警察**。」

　　「謝謝妳。」這群小女孩當中最小的一個這樣回答她。

　　「十年後再回來警局吧，到時我們再看看妳能做什麼。」

　　小傑奇一臉失望。「那還要好久哦！我喜歡當**警察**，拜託讓我繼續當下去啦，拜託啦！」

　　老古板看起來不知道該說什麼才好。所有女孩現在都在幫這個最小的妹妹求情。

哈麗葉旋風

「拜託啦！」

「好吧，好吧！」老古板大聲吼道。「我就通融一下，讓妳當第一個**小孩警察**！」

「耶！！！」姐妹們大聲歡呼。

「妳沒有在背後交叉手指吧？」媽媽指控道。

「太太，我從來不幹這種事！」老古板厲聲回答。「送給妳！」這位女士摘下她的**警帽**，戴在**小傑奇**的頭上。

「再會了，女孩們！」

「再會！」女孩們齊聲喊道。

「還有謝謝妳！」**小傑奇**追加了一句。

「謝謝妳自己吧！」老古板回答，然後就快步走出操場，一邊走一邊甩掉襪子裡的沙子。

媽媽把她的女兒們都叫過來，將她們**緊緊抱住**。

「女兒們，非常謝謝妳們。妳們今天教會媽媽**很重要**的一課。」

「希望如此。」**小傑奇**說道。

「不准再**超速**！不准再**騎腳踏車**！」

「很好，很好，媽媽！」女孩們咕嚕道。

「好了，離這裡最近的一家**滑板店**在哪裡？」

「**不不不不不不不不不**！！！！」
她們齊聲尖叫。

浮誇勛爵

　　格倫維爾浮誇勛爵是一個上流階級的**傻蛋**。他的父親就曾是一個上流階級的傻蛋。而他父親的父親也曾是一個上流階級的傻蛋。以此類推，可以一直追溯到**好幾百年**的很多很多很多傻蛋。

浮誇勛爵

浮誇勛爵正如常見的上流階級**傻蛋**一樣，住在一棟超大的鄉間別墅裡，稱之為 **浮誇莊園** 。它是家族世代傳下來的房產，從這一代**傻蛋**傳給下一代**傻蛋**。

那麼，為什麼是上流階級的**傻蛋**呢？

是這樣的，**首先**，格倫維爾不會真的發出笑聲。要是他發現了什麼**有趣**的事，譬如窮人的不幸遭遇，他會用鼻子哼出聲音。

「哼！哼！哼！真是好笑！」

再者，因為他很有錢又很高貴，所以格倫維爾認為自己可以**為所欲為**。也因此，每次去外面餐廳吃飯，他都會打一個很響亮的飽嗝。

「嗝！」

　　要是有任何人敢抱怨他打嗝，這個**傻蛋**就會立刻買下那間餐廳，然後把他們全部趕出去。

　　第三，每次他吃太飽，他背心上的鈕釦就會被撐到彈飛出去，肚子也變得一天比一天大。

　　ㄉㄨㄞ　ㄧㄠ！

　　第四，要是你偷看格倫維爾的其中一隻耳朵，你可能以為自己看到一顆豌豆在他腦袋裡面滾來滾去。不要驚慌。事實上，那是他的大腦。

　　喀喀！

　　第五，格倫維爾會拿香檳對準僕人打開。

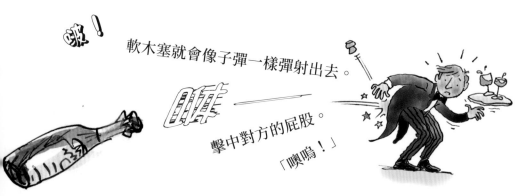

軟木塞就會像子彈一樣彈射出去。

擊中對方的屁股。

「噢嗚！」

浮誇勳爵

第六，要是  的大門晚上關起來了，他會懶得下車開門，直接用他那臺勞斯萊斯加速撞破大門。

呼咻！

框！

第七，格倫維爾絕對不自己動手，他的管家還得幫他把牙膏擠到牙刷上，但他還是從來不刷牙。

噗滋！

第八，就算有電視遙控器，格倫維爾也會拉鈴叫管家過來幫他切換頻道。

叮鈴！

「我要看賽馬，現在就切過去，**馬上！**」

第十，咦？那第九呢？

第九，哦，原來你在這裡。

數到十對上流階級的**傻蛋**來說不是那麼容易的。

有一天，**浮誇勛爵**遇到一位跟他一樣**超糟糕**的年輕女士。她的名字叫做納沃妮亞揮霍小姐。他們一見鍾情，納沃妮亞就算沒有比他**更沒禮貌**、**更無知**、**脾**

氣更壞，那至少也是半斤八兩。她曾因她的女僕給了她一杯冰茶，就把人家裝進加農炮裡，轟到隔壁郡，也因此在上流階級的**傻蛋**圈裡聲名大噪。

轟！

咻咻——

「啊！！！」

格倫維爾一聽到這個故事，立刻知道她就是他命中註定的另一半。他花錢不手軟地在 **浮誇莊園** 裡舉辦盛

浮誇勛爵

大派對，供應堆得像山一樣高的魚子醬和源源不絕的香檳*，而且只邀請一個人：納沃妮亞。

這兩個**傻蛋**立刻墜入情網，才見面不到兩分鐘，就決定結婚。他們的婚禮還登上了一本叫做**《傻蛋》**的社交雜誌封面，當天的賓客也是一幫上流階級**傻蛋**。

沒多久，這位夫人就生下一個小嬰兒。勛爵欣喜若狂。他終於有了一個兒子，有一天他會長大，跟他一樣成為一個上流階級的**傻蛋**。男孩將繼承 浮誇莊園 的一切。

為表示**謙卑**，格倫維爾用他的名字格倫維爾來為他兒子命名。但真相是，他除了這個名字之外，也不太知道還有其他什麼名字可以選擇。而且這個小男嬰看起來也不像是一個小納沃妮亞。

---

* **小威亂爆料**：香檳在人類的發明史上是最具嗝式感的飲料。它常被用在打嗝比賽，因為保證能讓那些參賽者打出超誇張的嗝。嗝的裁判標準得從三個角度去判定：打嗝聲的大小、打嗝的時間長度，以及最重要的……嗝的臭味。打嗝世界冠軍是一個叫西魯斯史噴噴的老頭子，可以打一個持續兩個禮拜的嗝。

小格倫維爾一從他媽媽肚子裡蹦出來，就被直接交給奶媽。

「再會了！」他的父母一邊喊道，一邊揮手，看著嬰兒車裡的小嬰兒被推走。

小格倫維爾跟其他上流階級**傻蛋**的其他小孩一樣，註定得長大成人之後才能見到自己的父母，這感覺就好像他們沒生下他似的。這個小孩被藏在 浮誇莊園 偏遠廂房的育兒室裡，跟奶媽一起住。還好這孩子很幸運，他的奶媽是一個慈祥的老太太。她圓圓肥肥軟軟的，最適合摟著撒嬌。奶媽給了這男孩全世界的愛，而且甚至比這更多。育兒室裡有一些老舊的木頭玩具，像是搖搖馬和成套的玩具火車，但這男孩最愛的，卻是一只裝滿衣服的老舊皮箱。

變裝百寶箱。

奶媽稱它為

這是一箱裝滿**浮誇家族**世代相傳

的舊衣服的寶箱，裡頭有軍人制服、無尾

禮服，連宴會禮服也有。隨著男孩漸漸長大，

他和奶媽經常一起把他打扮成各種奇怪和神奇的角色來消

磨時光。

巫師　　　　海盜　　　　騎士　　　　軍人　　　　牛仔

醫生　　　賽馬騎師　　　太空人　　　飛行員　　甚至是公主！

他們兩個從來沒有離開過育兒室，但是他們的冒險帶他們遊遍了全世界。

而在此同時，對**浮誇勛爵**和夫人來說，兒子不在眼前，也就不在心上了。他們幾乎不曾想起他，反而去忙更**重要**的事，比如欺負僕人。儘管他們都住在同一個屋簷底下，但是他的父母十一、二年來都不曾瞧過小格倫維爾一眼。

反而是奶媽和其他員工成了這男孩的家人。男孩最喜歡吃的布丁，廚師都會一次準備雙份給他。園丁會把花園裡的**蚯蚓**和**昆蟲**秀給他看。司機會開著家族裡頂極的勞斯萊斯車載著他四處逛。至於奶媽，她一天比一天更愛他，把他當成自己的兒子那般疼愛。

隨著時間過去，小格倫維爾開始會問，為什麼他從來沒見過他的爸媽。奶媽不

浮誇勛爵

想傷這男孩的心，總是用各種理由塘塞這問題。她知道爵爺和夫人是上流階級**傻蛋**，除非男孩長大成人，否則他們不會想見自己的兒子。然而，就在男孩**十二歲生日**的時候，他覺得自己**受夠了**。

「奶媽，」他開口道，同時大口吃著白水煮蛋和吐司條，「**拜託、拜託、拜託！**妳可不可以問我爸媽，我今天是不是終於可以跟他們見面了？」

「他們很忙，有很多上流階級的事情要做。」好心的奶媽哄騙道。

「可是今天是我**生日ㄟ**！難道他們不想祝我**生日快樂**嗎？」

「呃，我可以帶話給女僕，她就可以告訴女管家，然後再由她告訴男僕，男僕再告訴男管家，男管家就能把這訊息轉達給你父母知道了！應該只要花一個多禮拜的時間吧。」

「這**太離譜了！**」男孩大聲說道。

奶媽嘆口氣，疼惜地摸摸男孩的臉。「少爺，我再想想辦法，好嗎？」

於是小格倫維爾寫的一封信被送了出去，沒多久就送到了大格倫維爾的手上。

「爵爺，這是給你的信。」老管家走進 浮誇莊園 裡那長到不可思議的餐廳，大聲宣布。餐廳裡有一整面牆掛著一幅高到天花板的落地油畫，畫中主角正是**女王陛下**。

「你沒看到我在忙著吃烤牛肉嗎？」**格倫維爾勛爵**厲聲回答。雖然現在還是早餐時間，但他太喜歡吃烤牛肉了，所以三餐都吃。**格倫維爾勛爵**拿起一塊約克郡布丁，朝管家砸過去，砰地一聲打在他的鼻子上。

浮誇勛爵

砰！

「謝謝你，爵爺大人！」管家說道。

「哼！哼！哼！」

「老爺，我要怎麼處理這封信？」

「唸給我聽啊，你這個小丑！」

管家清清喉嚨，開始朗讀，「親愛的爸爸……」

「我不是你爸爸！」勛爵氣極敗壞地說。「你的年紀八成有我的兩倍、山倍、甚至世倍* 大！」

「老爺，這信是你兒子寫來的。」

「我有兒子？」

「有，老爺。」

「你確定？」

「我確定。他是在十二年前的今天出生的！」管家回答。

* 這種錯別字愚蠢到連在你的威廉大辭典裡都找不到。

「哦，對，這倒提醒了我。**好吧！**繼續唸，你這個蠢蛋！不要拖拖拉拉的。」

「遵命，老爺。」

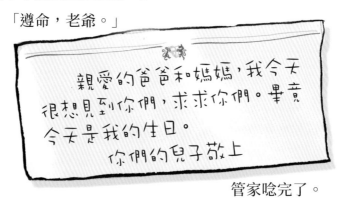

親愛的爸爸和媽媽，我今天很想見到你們，求求你們。畢竟今天是我的生日。

你們的兒子敬上

管家唸完了。

「**真是放肆！**」**浮誇勛爵**大聲喊道。「親愛的納沃妮亞，我剛收到我們兒子寫來的信。他想見我們。」

浮誇夫人坐在那長到不可思議的餐桌的另一頭，大概離他有半英里遠。

「**我聽不到你說什麼！可以大聲點嗎？**」她喊回來。

「**我說，我們的兒子想見我們！**」

「哦，這太糟糕了！我們一定得見他嗎？」納沃妮亞嘆口氣，同時倒了一些香檳在兩隻暹邏貓的碟子裡，這兩隻貓一直在她腳邊磨磨蹭蹭。

浮誇勛爵

兩隻貓伸舌舔食香檳。

「嘖嘖！」

「嘖嘖！」

其中一個倒在地上，直接昏了。

咚！

另一隻因為氣泡太多而放了一個超響的屁。 *噗！*

「我真希望我們只要在他成年之後的雞尾酒會上遇見他就行了。」納沃妮亞補充道，對於自己害貓咪昏醉這件事完全無感。

「親愛的，我知道這真的讓人覺得很煩，可是這封信很堅持。他想要今天就見到我們。」他回答。

「見我們幹嘛？」她大聲說道。「我好像就從沒見過我爸媽。不對，我說錯了，我曾在我父親的葬禮上意外撞見我媽。那女的真是糟糕。」

「我不知道ㄟ。」

「唉，他實在太自私了。我不確定我會想見一個這麼**自私的人！**」

「我知道，真的是沒禮貌到家，但今天顯然是他的**生日**。」

「是嗎？」

「是啊！」

「他叫什麼名字來著？」

「格倫維爾！」那男的回答。

「我還以為那是你的名字！」她厲聲說道。

「是啊！」

「所以你們兩個都叫格倫維爾？」

「**對！**」

「從來沒聽過這麼好笑的事！」她大笑。

「不過每天總得學點新鮮事嘛！」

「我會拒絕這個小王八羔子的！」

「太好了！」這個女士附和道。

「管家！」勛爵喊道。「告訴我們的兒子，答案是不行。而且希望他不要再聯絡我們。」

老先生的臉上露出難過的表情。

「老爺，你確定？」他問道。

「**咚！咚！咚！**」

「**放肆！**」勛爵吼道，同時把一堆烤馬鈴薯朝他丟過去，馬鈴薯像雨點一樣砸在他身上。

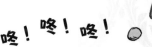

「**快滾！**」**浮誇勛爵**尖聲喊道，還拿起豆子朝著正逃出餐廳的可憐管家丟。

浮誇勛爵

管家把這令人傷心的
消息向育兒室轉達。男孩
的眼裡盈滿淚水。這是他有生以
來最糟糕的**生日禮物**。

「少爺，我很遺憾。」奶媽輕聲
說道，緊緊抱住他。

但沒多久傷心就變成了憤怒。
「我會給他們一個教訓！」
男孩氣憤地說道。

「不要衝動！」奶媽警告他。

「我那對愚蠢的父母都在起居室喝下午茶，對吧？」
男孩追問道。

「是的，少爺。」管家回答。

「那好，我們就來給這兩個**傻蛋**一個永生難忘的下
午茶吧！」他說道，臉上同時浮起笑容。

奶媽和管家憂心忡忡地互看一眼，但這男孩意志堅
決。「奶媽！我們去把
拿出來！」

變裝百寶箱

小格倫維爾開始擬定計畫。因為他爸媽自他出生的那

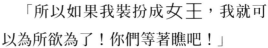

一天起就沒見過他，所以根本不知道他的長相。有了**變裝百寶箱**，他可以假扮成任何一個角色。

問題是假扮成**誰**呢？

「我知道我要裝扮成誰來跟勛爵和夫人喝茶了！英國女王！」男孩大聲說道。

奶媽爆笑出聲。「**哈哈哈！別傻了！**」

「我沒有犯傻！我敢打賭女王是他們唯一不敢不聽命的人！」

老太太點點頭。「你說得沒錯。上流階級的**傻蛋**們只會對**皇室**卑躬屈膝。」

「所以如果我裝扮成**女王**，我就可以為所欲為了！你們等著瞧吧！」

於是這兩人開始著手進行。男孩在變裝百寶箱裡找到一件很華麗的禮服和一雙很長的白手套。同時奶媽也到閣樓翻箱倒櫃，最後帶回一頂老舊的假髮和一只手提包。

然後這兩人還把兩隻暹邏貓假扮成柯基犬。

改造前

改造後

紙板做的
耳朵

毛氈做的
鼻子

在沙子裡滾
出來的毛色

終於午茶時間到了，奶媽敲了敲起居室的門。

叩！叩！叩！

浮誇勛爵和夫人正坐在扶手椅上狼吞虎嚥他們的下午

茶。

「老爺、夫人。」奶媽開口道。

「歐巴桑，你要幹什麼？」夫人質問

道，同時朝她丟了一塊奶油蛋糕。

啪！

正中她的臉，不過由於奶媽是個訓練有素的僕人，她

裝作沒事繼續說道。「有一位非常特別的客人意外來訪

浮誇莊園。請起身迎接女王陛下。」

　　勛爵和夫人嚇呆了，他們面面相覷。這完全出乎他們意料之外。

　　奶媽早就找來所有僕人加入這場騙局。司機和園丁穿上金色制服，喬裝成皇室的喇叭手，吹號宣告女王的到來。

叭——叭——叭——叭——

叭——叭叭！

浮誇勛爵

　　小格倫維爾邁著輕快的腳步走進來，看上去非常神似英國女王，後面用牽繩拖著兩隻心不甘情不願的「柯基犬」。

　　「午安，鄉巴佬！」女王陛下以故作優雅的聲音說道。男孩這些年來跟奶媽玩過各種角色扮演，早就練得很擅長假裝各種聲音。「希望你們不介意我順道來這裡喝杯茶和吃點蛋糕！我只是經過這裡，正要去……」

「不不不，女王陛下，我們一點都不介意。」浮誇勛爵卑躬屈膝地親了一下女王的手。

「真是榮幸啊，陛下！」浮誇夫人補充道。

「是啊，對於你們這些粗人來說一定覺得很榮幸！」

奶媽和莊園裡的其他員工這時都擠在起居室窗外的花園裡欣賞這場表演。他們忍住笑，看著男孩拖著腳走向那個盛滿蛋糕的銀製蛋糕架，然後拿起兩大塊巧克力蛋糕，放在他爸媽的那兩張座椅上。

勛爵和夫人互看彼此，一付*她究竟在做什麼*的表情。

「你們可以坐下了！」女王命令道。

這對夫妻沒得選擇，這是女王陛下的命令，他們一定得遵從！於是他們不情不願地坐了下來。

浮誇勛爵

啪嘰！
啪嘰！
現在他們兩個人的
屁股都沾上又厚又黏
的咖啡色東西。

「這真是意料之外的
榮幸啊！」浮誇夫人輕聲說道。

「我知道啊！我！堂堂的女王！順道來
拜訪像你們這樣的野人，當然是你們的榮幸。

啊，有司康！你們都是先加果醬還是先加鮮奶
油？」男孩問道，同時分別拿起那兩小罐。

「陛下，妳喜歡加什麼都可以。」勛爵回答。

「很好。」女王說道，隨即舀起一匙鮮奶油，然後

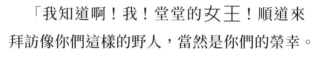

扳了一下湯匙……

啪！

……湯匙裡的鮮奶油瞬間彈向他媽媽，正中她的臉。

「啊！」

然後是他爸爸。

「女士優先！希望你們能理解！」
女王說道。

「當然當然，女王陛下。」他們回答。

「接下來是果醬！」

ㄆ一ㄚ！

ㄆ一ㄚ！

這對父母現在都有一張沾滿草莓果醬的大花臉了。

「謝謝妳，陛下。」他們低聲下氣地說道。

奶媽和一群員工此刻正把臉貼在窗戶上，往內偷看。

「哈！哈！哈！」

他們忍不住大笑。這兩個可怕的雇主終於嚐到應得的
苦頭……雖然實際上是嚐到甜的。

「好了，任何下午茶當然都少不了茶。」女王說道。

「那是當然的！」勛爵和夫人同聲附和。

「我來倒茶」

然後他開始倒茶，再把牛奶……

咕啦！

嘩啦！

……倒在他們頭上。

浮誇勳爵

「要加糖嗎？」

他們兩個都趕緊點頭，被淋得濕答答的身體這時就像鬼一樣慘白。

他們的兒子露出神似女王的笑容，然後又用拿起一罐糖再如法泡製一次。

颯！颯！颯！

颯！颯！颯！

「哼，我是很想留下來啦，」男孩先用女王的語調說道，然後換回他真正的聲音。「但是我不想再多花時間跟一對像你們這樣**愛發飆的屁屎**在一起！」

「陛下，真是太感謝妳了。」他們回答。

這時男孩摘下皇冠和假髮，大聲喊道：

「永遠不再見！」

「我從來不知道女王有戴假髮。」**浮誇勛爵**說道。

「我也不知道ㄟ。」浮誇夫人也說道。

奶媽從外面把窗戶打開，男孩跳出窗外。

老太太對著屋內喊道。

「你們這對**傻蛋**，根本不配擁有一個像他這麼可愛的兒子！」

然後就朝司機喊道：

「發動車子！」

司機趕忙坐上勞斯萊斯車，啟動引擎。

ㄏㄥˊ ㄏㄥˊ ㄏㄥˊ！

其他所有僕人都擠進車內，這時奶媽和男孩手牽手地朝車子蹦蹦跳跳地走過去，塞進後座裡。

勞斯萊斯車一路駛離。

ㄌㄧㄤ ㄌㄧㄤ ㄌㄧㄤ！

浮誇勛爵

他們逃離 **浮誇莊園**，在一座可愛的小農場裡展開新生活。奶媽給了男孩滿滿的愛，多到他根本一秒也不會想起那對**糟糕透頂**的爸媽。

至於勛爵和夫人有什麼下場呢？什麼都沒有改變。因為這對上流階級**傻蛋**從來沒有親自動手做過任何事情，所以他們只能坐在那裡任兩隻「柯基犬」舔掉他們臉上的鮮奶油和果醬。

「我很好奇女王陛下會不會再來喝下午茶？」**浮誇勛爵**問道。

「我希望她會。」浮誇夫人回答。「我們應該把這一身濕答答的衣服換掉。」

「對，我們應該。**管家！管家！**」浮誇勛爵大聲喊道。「**管家！**」

但是沒有人過來。

於是這對夫妻等了又等，等了再等。

等到**天荒地老**。

媽媽超人！

　　佩特佩特森不只有一個很*無趣*的名字，還有一個世上最*無趣*的工作。她是廁所清潔工。佩特跟她兩個孩子住在一棟幾乎要解體的公寓大樓最頂層。她的小兒子叫史派克，是個十歲男孩，大女兒龐克是個十三歲女孩。兩個

媽媽超人！

人都覺得媽媽很**無聊**，成天開口閉口都是她那天清理過的廁所。

「像那種很難清的污漬，根本一點辦法也沒有……我只好拿出我的**鋼刷**！」

所以每當她工作回到家，史派克就把臉埋進超級英雄漫畫裡，他姐姐則戴上耳機，把音樂音量轉到像**爆炸聲**那麼大。

被無視的感覺令媽媽很難過。她的目光越過兒子的肩膀，看到他正埋首的漫畫，突然有了點子。

叮！

要是她不是一個**無聊透頂**的歐巴桑媽媽？而是……**媽媽超人**呢？一個擁有**超能力**的媽媽！！超級英雄可以用各種方法創造出來。可能是來自另一個星球的**外星人**，可能是億萬富翁**發明家**，也可能只是被帶有**放射性物質**的昆蟲咬到。

很不幸，佩特佩特森沒有這些條件。她的超級英雄變身只得**手工自製**。

她一整天下來一邊逐間清理廁所，一邊幻想自己要如何**變身**成**媽媽超人**。有名的超級英雄都有配備武器，像是盾牌、斧頭、蜘蛛網絲、套索、盔甲、隱形飛機、甚至是驅鯊噴霧器。但佩特沒有這些，不過她在她的廁所清掃工具裡找到了靈感。

佩特的刷子、拖把、和水桶或許可以拿來當**媽媽超人**的神奇武器。

水桶可以是

末日復仇桶！

拖把可以被重新命名為

降妖除魔拖把！

至於馬桶刷不只是一般的**馬桶刷**，它可以是

宇宙級消災解厄馬桶刷！

媽媽超人！

佩特並不知道這些名稱究竟是什麼意思，只覺得聽起來**很酷**。

有一天工作的時候，趁沒人在附近，佩特著手練習**快速變身**。超級英雄必須擅長快速變身才行。因為說不準什麼時候，校車就吊掛在橋邊，或者飛機什麼時候就斷了一截機翼，又或者貓咪什麼時候就卡在樹上下不來。於是佩特衝進廁所的小隔間裡，迅速脫掉圍裙，披在肩上充當披風，然後用鉛筆在髮帶上戳兩個洞，戴在臉上當面罩。她猛地推開門！

媽媽超人變身完成！

再加上她的三個**無敵的神奇武器**，她就能對那些有待她清理的廁所展開**前所未有**的攻擊。

乒！

砰！

乒！

　　成為**媽媽超人**的佩特，彷彿真的擁有了什麼**超能力**。她可以破記錄地用最短時間清掃完所有廁所。

　　「**接招，馬桶！**」她在快刷完最後一個馬桶時這樣喊道。只是她不曉得那可怕的老闆陰沉臉小姐正在門外等她。

　　「**佩特！**」陰沉臉小姐吼道。「**妳在做什麼？**」

　　「對不起，陰沉臉小姐！」佩特溫馴地回答。

　　「把妳的圍裙綁回原來的位置，不然別人還以為妳是**神經病！**」

　　「對不起。」

　　「**妳看起來像是穿著十元商店賣的超級英雄裝！**」

　　「是這樣的，我只是……」

　　「佩特，**妳不是**在打擊邪惡！**妳是在清理廁所！**」

　　「我知道。」

　　「**不要再做這種愚蠢胡鬧的事了！**」

　　陰沉臉小姐轉身大步離開。

媽媽超人！

　　被大力地甩上門的佩特難過地低著頭。可是當她把肩上的圍裙拆下來時，差點被嚇到沒魂，原來她身後的馬桶突然發出**如雷聲響**。

咯咯扁！

　　然後開始嗡嗡出聲和喀喀作響。

喀答！喀答！喀答！

　　佩特揉揉眼睛，這不可能是真的！

　　但，這是真的。

　　然後隔壁的馬桶也開始

咯咯扁！

活了起來。

喀答！喀答！喀答！

　　然後是再隔壁的，隔壁的隔壁的，隔壁的隔壁的隔壁的。某種**可怕**的事情正在發生。佩特沒有繼續等在那裡查看到底發生了什麼事。她一把抓起自己的拖把、水桶和刷子衝出廁所。

　　那天晚上，佩特回到公寓頂樓，看到她那兩個性情乖張的孩子仍**窩**在沙發裡。史派克正在幫書裡的超級英雄上色，姐姐在聽音樂，音樂**大聲**到她在大樓底層都聽得到。

「媽媽回來了！」佩特一進屋就喊道，但是龐克和史派克只是咕噥回應。

「喔？」

「喔！」

態度跟以前一樣，不過她相信他們肯定不會對一位**媽媽超人**態度冷漠。**不會，絕對不會！**於是佩特趕緊衝進房間，整理出一套適當的超人行頭。

她先把她那件破舊的黃色清潔制服縫成超人裝，當她試穿看看時，看起來就像一根**巨大的**香蕉。接著她用紫色顏料在胸前塗上**媽媽超人**的標誌。至於鞋子，佩特決定穿上威靈頓靴子，但是她沒有一雙成對的靴子……而是一隻紅靴，一隻綠靴。

她心想，*沒關係*。反正這也算是這個角色神祕的地方。然後她找到粉紅色的垃圾袋，這超級適合充當塑膠披肩，接著是一條破了兩個洞的彩色條紋襪可用來充當面罩。最後再穿上一件史派克的舊內褲在外面就大功告成了。尤其這件內褲的顏色還是電光藍呢！

哇！

媽媽超人！

正當佩特在鏡子前面欣賞自己的英姿時，她聽到隔壁房間傳來哭喊聲。

「媽！我的彩色筆掉到沙發後面了！」

是史派克的聲音。她衝出房間，雙手插腰，披肩在她身後飄揚，然後她大聲說道：

「這聽起來像是

媽媽超人 的任務！」

「媽，妳在做什麼？」史派克質問道。

「我不是媽媽！我是媽媽超人！
就像媽媽一樣，但是是一個超級無敵的媽媽！
請讓到一邊。我需要我的**降妖除魔拖把！」**

「妳有武器啊！好酷哦！」男孩說道，這時他媽媽一把抓起她那根忠實的拖把。

「降妖除魔拖把！把筆找出來！」

她拿拖板末端在沙發後面四處戳，龐克就坐在那裡用耳機聽著震天響的音樂。

她戳了一會兒，什麼都找不到，**媽媽超人**接著大聲說道：「閃開！我要進去了！」

她先退到起居室的盡頭，然後一陣助跑後跳起⋯⋯跳進沙發後面。

咚！

媽媽超人！

還窩在沙發裡的龐克瞬間彈飛到空中……

嘿！

……再屁股著地跌在地板上……

砰！

……她弟弟看得樂不可支。

「哈！哈！哈！」

龐克怒目而視，這時媽媽嘴裡咬著一隻棕色簽字筆再度出現眼前。

「媽，我掉的是**紅色**簽字筆！」史派克抱怨道。

「我不是『媽媽』，我根本不認識你說的那個『媽媽』，我是**媽媽超人**！」

「真煩人！」龐克不耐地說道。

「快讓開！**媽媽超人**要再一次冒險去找回你的紅色簽字筆！」

然後**媽媽超人**就跑回走廊那裡，想給自己更充裕的助跑空間。

呼呼！

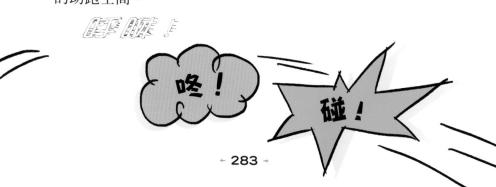

咚！ 碰！

她的腿朝上在半空中**踢踢晃晃**了一會兒，然後才……

「**逮到你了！**終於找到
這個討人厭的紅色簽字筆了！
這個宇宙**再度安全**了！」

「太棒了！」史派克回答，他顯然很享受整個過程。

媽媽搓搓男孩的頭髮，他一臉眉開眼笑。

「這就是最為人著想、最超級無敵勇敢的媽，對她
來說這根本是小菜一碟……因為我是……」

「**媽媽超人！**」她和史派克異口同聲地喊道。

「**媽媽超人**什麼時候會再回來？」史派克追問
道。他興奮到不停地在原地跳上跳下。

「無論何時何地，只要需要她，她就會
再回來。你要做的只是……**相信**！」

「**相信**什麼？」龐克問道。

「**相信媽媽超人**！」

「哦，媽，別再說了！」龐克插嘴道。「這套把戲太
無聊了！」

媽媽超人！

媽媽覺得很受傷，悄悄地離開房間。

「妳為什麼老是那麼掃興啊？」史派克問道。

「你閉嘴啦！」他姐姐回嗆道。她總是用「閉嘴」來回答所有問題。

「**媽媽超人**超強的！」史派克說道，「**我喜歡她！**而且我**相信**她！百分之百**相信**！」

「你才十歲，根本還是個小屁孩，什麼都嘛會相信！」女孩說完，就戴回耳機。

佩特情緒低落，但還不到絕望的地步。她決心扭轉她女兒的看法。總有一天，她女兒也會**相信媽媽超人**的。

*

第二天，媽媽注意到龐克故意不小心忘記帶走越野賽跑當天要用的體育用品。她能趕在開賽前把東西送到嗎？

這任務就要靠……**媽媽超人**了！

超級英雄衝進龐克的教室。

「別害怕！超級無敵媽來了！我是**媽媽超人**！」

她穿著那身奶黃色的行頭，大聲說道。

「天哪！」龐克嘆口氣，把頭趴在桌上。

咚！

「妳是誰？妳來我的教室做什麼？」叫做疲倦小姐的老師慌張地問道。

媽媽超人！

「我是**媽媽超人**！龐克，
好消息是今天下午的越野賽跑即將開跑。
這是妳老是忘記帶的體育用品。」

她大聲說道，並從她的粉紅色塑膠披風底下掏出一個塑膠袋。

「媽！」

「我發現它藏在妳的床底下，沒有洗所以有點**臭**！」

「**哈！哈！哈！**」龐克的同班同學都在大笑。

「**閉嘴啦！**」女孩生氣地說道。

「妳相信我有**超能力**了吧？」**媽媽超人**語帶希望地說道。

「當然不相信，我又不是神經病！」

「可是我趕到這裡來的速度破記錄得快哦？」

龐克想了一下。「我不知道，搞不好妳是搭巴士來的。」

「**超級英雄不會搭巴士！**」**媽媽超人**大聲說道。「除非他們快遲到了。好了，雖然我很想再多聊一會兒，但是我有超級英雄的任務要忙。」

「麻煩妳快飛走，好嗎？」疲倦小姐說道。「我正在教這些孩子有關牛軛湖的事，到現在只教了這麼一點！」

「當然當然！」**媽媽超人**回答，
然後朝同學轉身。「孩子們，賽跑加油囉！
尤其是妳，龐克！獨一無二的**媽媽超人**
又完成一個任務了！」

話說完，她就走了，於是全班同學的注意力又回到龐
克身上。

「那是妳媽嗎？」

「她好像神經病哦！」

「哈！哈！哈！」

龐克搗住耳朵，又把頭低下來，趴在桌上。

佩特決心要讓她的女兒像她兒子那樣愛**媽媽超
人**。於是她把握各種機會化身為超級英雄，結果這些招
數只是害龐克覺得更糟，次數多到都快數不完了。

當龐克跟她朋友坐在圍橋上時，**媽媽超人**會從樹
上飛下來，告訴她，

「妳的下午茶準備好了！」

媽媽超人！

又有一次，女孩跟幾個同學在超市閒逛，**媽媽超人**突然從烤豆罐展示架後面衝出來提醒她：「**不要忘了挑點蜜餞，它可以提神醒腦哦！**」

最糟的一次是，龐克跟一個她很喜歡的男孩沿著住宅區散步，才剛牽起手，**媽媽超人**的頭突然從人孔蓋裡蹦出來，大聲說道：

「**小姑娘，妳的房間需要大掃除了，現在！妳的東西都丟在地板上，到處都是臭襪子！**」

對龐克來說，她真的**受夠了！**

女孩再也受不了這些令她糗到爆的事。

媽媽超人絕對不能再出現！

於是她一路跺著腳回家，爬上一層又一層的樓梯，來到頂樓準備當面跟她媽媽攤牌。可是她一打開門，竟驚見她弟弟也是一身超級英雄的打扮。就跟他媽媽一樣，史派克所有行頭都是自製的。

這男孩：

把**內褲**當面罩戴在頭上，兩隻眼睛就從尿尿洞那裡露出來

穿了一件用紙箱做成的上衣，當成防彈背心（箱子上面還畫了代表**超限少年**的英文字母縮寫 UB）

抹布充當披風

用**塑膠袋**蓋住屁股

拿媽媽的紫色**褲襪**充當緊身褲

腳下穿著一雙**威靈頓靴子**（不知道為什麼，兩隻靴子都是左腳）

媽媽超人！

「史派克，你穿的到底是什麼東西啊？」龐克嘲笑道。「你看起來超白癡的！」

「我**不是**史派克，我是**媽媽超人**的超級英雄夥伴……**超限少年！」**他大聲說道。

「**超限少年**到底是什麼？」

「我不知道，但聽起來很酷！」

「哪有酷？！是**褲子的褲**吧！」她沒好氣地說。

「那是我套在頭上的東西啦！**妳看！**」男孩自豪地秀出他用內褲充當的面罩，或稱內褲面罩*。

「別這樣嘛！龐克，妳也知道媽媽說過什麼：妳只需要**相信！**」

「**相信？別說廢話了！**你到底為什麼要穿成這樣？土得要命！」

「妳沒看到新聞嗎？」男孩問道。

「沒有啊，什麼新聞？為什麼要看新聞？」

就在這時，**媽媽超人**從臥房衝了出來，結果粉紅色塑膠披肩被門夾住。等她用力拉扯出來之後，才雙手叉腰地大聲說道：

「妳要做什麼都可以，就是**不要打開電視！**」

---

* **小威亂爆料**：褲子最好是穿在屁股上，但有時候我也會把它穿在頭上，然後到街上逛，這樣就沒什麼人能認出我來了。

女孩當然不會聽她媽媽的話。她媽媽也知道。龐克不停地切換頻道，但每一臺都在報導同樣的新聞：

「這世界正在遭受攻擊！」一臉驚恐的主播說道，「殺人馬桶正在攻擊我們！它們受夠了人類老是朝它們大便，所以決定絕地大反攻！」

「什麼？」龐克大聲說道。

「這太瘋狂了吧！」

是這女孩的眼睛看錯了？耳朵聽錯了嗎？沒有，她看得很清楚，整個世界都看得很清楚：馬桶正在暴動作亂。

馬桶在紐約市沿街追著路人跑，狼吞虎嚥地將他們吃掉。

「啊！」有個可憐的受害者尖聲大叫，他正在被生吞活吃，兩條腿倒插在馬桶上面，不停踢打。

媽媽超人！

「**嗝**！」馬桶打了個嗝，不停**上下**開合馬桶坐墊，吞下一個又一個活人。吞完一個再攻擊另一個。

各地都發生同樣慘劇。

在巴黎，馬桶全都**發了狂**，就像沒有明天似地不斷生吞活吃法國人。

「**不**！」

在東京，日本的高科技馬桶都在空中飛舞，從天而降地撞破高樓屋頂，大口狂吃日本人。

「呀啊啊啊！！！」

然後新聞現場回到倫敦，好巧不巧正播到媽媽的老板陰沉臉小姐被數以百計的**吃人馬桶**追在街上。陰沉臉小姐放聲尖叫，求它們饒命，可是馬桶毫不留情。它們狼吞虎嚥地吞下她。

「**不**！！！！」陰沉臉小姐尖叫。

馬桶們的打嗝聲此起彼落。

龐克不由自主地一直盯著電視螢幕看。**「要世界末日了！」**她哭喊道。

「除非我們阻止它們！有誰會比全倫敦的頭號馬桶清理高手和深受她信賴的兩個幫手更適合呢？」

電視螢幕切換到特拉法爾加廣場，那裡集結著軍隊正在對抗**殺人馬桶**。

槍聲大作。

答答答！

手榴彈不斷丟擲。

導彈也發射了出來。

可是煙硝散去之後，馬桶大軍還是繼續進逼。

媽媽超人！

它們**隆隆作響**地穿過倫敦塔橋。

撞進西敏寺。

摧毀通往白金漢宮的大門。

媽媽超人轉向她女兒。

「我們需要妳。」

「我？」女孩回答。

「這個世界需要妳。」

「妳在說什麼？」

「妳願意加入我，**媽媽超人**，還有**超限少年**……一起聯手打敗殺人馬桶，解救人類嗎？」

「呃……我……呃……」龐克語氣慌張。

「全人類的命運就在我們手裡了！」**超限少年**說道。

「加入我們吧，**銀河少女**！」

一說完，**媽媽超人**就拿出一套為龐克準備的超級英雄裝。它是製作方法是：

把垃圾袋穿在身上，上面繪有**銀河少女**的英文縮寫字母 GG

拿晨袍當披肩 →

毛絨絨的拖鞋 →

把長襪當緊身褲穿

拿校服的領帶來當面罩。

媽媽超人！

「我們又不是真的超級英雄。」女孩反駁道。「我們只是住在公寓頂樓的普通家庭。妳要嘛是**外星人**，或者是**億萬富翁**，再不然就是什麼**瘋狂科學家**，才有可能變成超級英雄啊！」

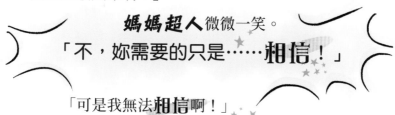

媽媽超人微微一笑。

「不，妳需要的只是……**相信**！」

「可是我無法**相信**啊！」

「妳當然可以，」史派克說道。「閉上妳的眼睛，也許會有幫助。」

「不會有幫助的。」

但龐克還是聽話照做。她緊閉雙眼，這時史派克跟他媽點點頭，兩人合力幫他姐姐著裝。

「你們在做什麼？」她出聲抗議，可是等到她睜開眼睛時，已經換好裝了。

龐克看著鏡中的自己。

「其實……」她開口道，「看起來沒有我想像的糟！不過我絕對不會穿這樣去**約會**。」

「妳沒有要去約會，妳要去拯救世界！所以**銀河少女**，告訴我，妳**相信**了嗎？要擁有**超能力**，就一定要先**相信**，妳信了嗎？」

女孩深吸一口氣。「是的，**媽媽超人**，我**相信**！銀河少女已經準備出動了！」

「太好了！」**超限少年**和**媽媽超人**大聲喊道。

接著超級英雄這一家人肩並肩地站在一起，身後的披風很有英雄氣概地撲撲翻騰。

「所以……**媽媽超人**？」**銀河少女**問道。

「什麼事？**銀河少女**？」

「我們要怎麼做才能打敗這些**殺人馬桶**？」

這是個很合理的問題。

「用我的三大無敵武器！」**媽媽超人**回答。

「那是什麼來著？」**銀河少女**問道。「我只知道那個拖把！」

「**降妖除魔拖把**！」史派克大聲說道。

「沒錯，」**媽媽超人**緊緊抓住三樣武器。「**降妖除魔拖把**！**末日復仇桶**！當然還有**宇宙級消災解厄馬桶刷**！」

「這些真的有用嗎？」**銀河少女**問道。

媽媽超人！

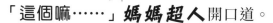

「這個嘛⋯⋯」**媽媽超人**開口道。
「我們要做的只是**相信**！」

「**末日復仇桶**是我的！」**超限少年**搶先說道。

「我要**末日復仇桶**啦！那是最厲害的！」**銀河少女**抱怨道。

「妳可以拿**降妖除魔拖把**啊！」**媽媽超人**說道。

「**降妖除魔拖把**很遜ㄟ！」

「沒有，才不遜呢，它才是最厲害的！」

「哦！」**超限少年**打斷道。「那我想用**末日復仇桶**跟妳換**降妖除魔拖把**！」

「不行！」**銀河少女**厲聲拒絕。

「不公平！」

「走吧，你們兩個！不要吵架了。我們有數以億計的殺人馬桶要對付呢！」

就在這時，他們家的老舊馬桶也開始咯咯作響。

咯咯隔！

它從廁所地板上拔地而出，朝他們步步逼進，不斷上上下下地開合著馬桶坐墊，活像那是它的大嘴。

喀吧！喀吧！喀吧！

「快去屋頂！」**媽媽超人**下令道。

「為什麼？」銀河女孩問道。

「我敢打賭馬桶不會爬樓梯！」

賓果！媽媽超人說對了。這三個人衝上公寓大

樓的屋頂，他們可以從那裡俯瞰整個倫敦。馬桶大軍就在底下肆虐，在大街上到處追著人跑，沒幾秒鐘就把一個活人吞下肚。

「媽，不對，我是說**媽媽超人**⋯⋯我們現在要做什麼？」**銀河少女**問道。

「我們要集合我們的武器，然後我們要**相信**！」

「我們到底要**相信**什麼啊？」

「我們要**相信**只要它們集合起來，就能創造出一道超級閃電來徹底摧毀這些殺人馬桶。」

「是哦，」**銀河少女**開口道，「是值得一試啦。」

「這是我們解救地球的唯一希望。」**超限少年**說道。

「可憐的地球。」**銀河少女**咕噥道。

「超限少年、**銀河少女**，請把**末日復仇桶**和**降妖除魔拖把**放在我的**宇宙級消災解厄馬桶刷**的旁邊。」

兩位迷你超級英雄聽命行事。

ㄎㄨㄤ～ㄌㄤ！三樣武器放在一起了。但是什麼事也沒發生。

「沒用啊！」女孩大聲書道。「這太蠢了。我根本不是**銀河少女**，我只是以前那個很平凡的龐克。」

「我們都閉上眼睛，」**媽媽超人**大聲宣布，於是三人閉上眼睛。「**相信**！」

媽媽超人！

突然間，三個武器開始咯咯作響，嗡嗡出聲，接著……

呼咻！

生出一道**超級閃電**，從公寓大樓屋頂射出，再朝
四面八方鋪天蓋地地擴散出去。

「**我們辦到了！**」**超限少年**睜開眼睛大聲喊道。

「我簡直不敢相信！但我真的信了。我們真的辦到了！」**銀河少女**說道，同時放眼眺望倫敦，看到了數百萬個正在悶燒的馬桶。

「我的超級英雄夥伴們，做得好啊！」**媽媽超人**說道。「如何？當**銀河少女**的感覺如何？」

媽媽超人！

龐克想了一下。「蠻酷的，真的。」

「那麼，我們三個有一天會再出來拯救地球的！」
媽媽超人說道。「這就是我們三個超級英雄一天的
工作……我們是最超級無敵的三個超級英雄！我是

媽媽超人！」

「我是**超限少年**！」
史派克大聲說道。

「還有我**銀河少女**！」
龐克自豪地補充道。

媽媽超人暗自微笑。

她也許是個讓孩子們覺得很糗的媽，但至少他們……

拯救了世界！

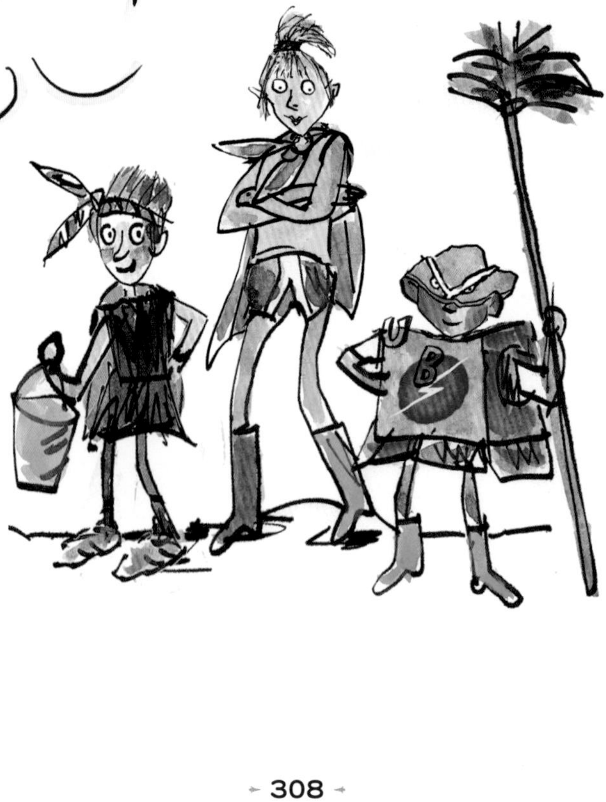

完